LE DICTATEVR ROMAIN

TRAGEDIE.

DEDIEE A MONSEIGNEVR
le Duc d'Espernon.

A PARIS,
Chez TOVSSAINCT QVINET, au Palais,
souz la montée de la Cour des Aydes, 1646.

AVEC PRIVILEGE DV ROI.

A HAVT ET PVISSANT PRINCE
BERNARD DE FOIX
DE LA VALLETTE,

DVC D'ESPERNON, DE LA VALLETTE,
& de Candale; Pair & Colonnel General de Fran-
ce; Cheuallier des Ordres du Roy, & de la Iarretiere;
Prince & Captal de Buch, Comte de Foix, d'Asta-
rac &c. Sire de l'Esparre, &c. Gouuerneur & Lieu-
tenant general pour le Roy en Guyenne.

ONSEIGNEVR,

Quand par vne douce force vous n'auriez pas
gagné tous mes vœux en vn moment, dans l'accueil fauorable auec lequel VÓTRE GRANDEVR a daigné
receuoir les offres de mes tres-humbles seruices: Quand vôtre
Bonté n'auroit pas auecque joye accepté le don que ie luy ay
fait auec crainte & respect, de cette Piece de Theatre, pour la faire passer heureusement de vos mains liberales en la bouche de
ces Comediens destinez seulement aux plaisirs de V. G; &
dont la Troupe que vous auez enrichie par des presents ma-
gnifiques autant que par d'illustres Acteurs, se va rendre sous
vos faueurs & sous l'appuy de vôtre Nom, si pompeuse & celebre qu'on ne la poura iuger indigne d'estre à Vous. Quand
dy-je, MONSEIGNEVR, mes inclinations n'auroient pas

ã ij

tourné vers V. G ? quand mes interests propres ne m'auroient pas iustement porté à chercher l'honneur de vôtre protection, en vous dediant cét Ouurage : la raison seule m'obli-
geoit d'adresser vn des plus grands Heros & des plus vertueux de
l'ancienne Rome, à vn des plus genereux des plus nobles & des
plus parfaits de nôtre Siecle. En effect, MONSEIGNEVR,
qui est-ce qui pouuoit plus noblement que vous faire honneur
à ce grand PAPYRE ? & par droict de bien-seance accueillir
vn DICTATEVR ROMAIN, qu'vn Colonnel de France,
de qui le commandement & l'autorité s'etend dans toutes nos
Armées, & le fait autant de fois Capitaine qu'il y a de diuers
Regimens qui les composent ? C'est cette Charge Illustre que
vous soûtenez aussi glorieusemēt qu'elle soûtient la Couronne,
dont elle est aussi le plus fort & le plus necessaire appuy; c'est elle
par qui l'on peut dire que vous estes, bien que quelquefois absent, toûjours de toutes nos Armées, de nos combats, de nos victoires & de nos triomphes. Mais quoy que par elle VÔTRE
GRANDEVR paroisse si recommendable & d'vne puissance
si étenduë, ie vous regarde plus brillant du côté de vous-même
& en vôtre personne ; & ie vous treuue plus noble & plus admirable en vôtre courage & en vos vertus, que magnifique &
pompeux en vos dignitez. Vous vous estes de tout temps mon-
tré digne Fils, comme aujourd'huy l'on vous voit digne succes-
seur du plus grand Homme que ce siecle puisse opposer à l'anti-
quité, & que la France ose bien comparer aux Grecs & aux Romains ; que trois Roys auoiēt éleué, & que pas vn n'a ni ab-
baissé ni détruit ; que le tēps en n'osant toucher à ses années, a
respecté aussi biē que la Cour, les Peuples & les Nations; que la
Fortune méme a craint aussi bien que ses Ennemis; que la bonne & mauuaise toûjours ont treuué egal ; & que toutes deux ont
laissé dedans la gloire, & en la mesme assiette. Comme luy,

MONSEIGNEVR, vous auez senti les trais de l'vne & de l'autre; & vous les auez soûtenus genereusement comme luy. Ie voy reluire dans toutes vos actions, outre la grandeur de courage, cette asseurance & fermeté de cœur qui luy estoit si naturelle, & qu'il semble auoir inspirée au vôtre, aussi bien que ce noble & genereux sang qu'il vous a donné. Digne sang qui vous a causé tant de gloire & d'honneur, & à qui vous n'en auez pas moins apporté; illustre sang encore qui vous a joint à nos Rois, puis que ces Princes de qui vous portez le Nom y touchoient de si prés, eux qui ont donné des Reynes à la Hongrie ainsi qu'à la Boheme, de qui descendent tant de testes couronnées & ces rejettons de la Maison d'Austriche. Comme autrefois Cesar, & deuant luy mille autres courageux Romains, dont les esprits fermes & resolus estoient de la trempe du vôtre, se sont opposez à la fureur d'vne Populace, ou de tout vn Camp mutiné: de mesme ie vous voy auec cette mesme asseuráce, presque seul & en petit nombre, desarmer vne populeuse & forte Ville, qui a souffert & repoussé l'effort de plus de soixante mille hommes. Ie vous voy, MONSEIGNEVR, dans vn peril, qui sans vous étonner étonna presque tout l'Estat, autant que les effets prodigieux qui l'affermirent par vôtre valeur & par vôtre conduite; Ie vous voy l'espée à la main, verser assez de sang pour éteindre vn brazier qui deuoroit vôtre Prouince, & à la teste de cette Noblesse, auec vne poignée de soldats leuez & armez à la hâte, deffaire des Rebeles soûleuez sur vn pretexte qui pouuoit renuerser cette Monarchie, & dissiper & reduire en fumée cette dangereuse Armée de Mutins qui menassoient d'y mettre le Royaume. Ie vous voy dedans vn détroit ouurir vn passage & les bornes de la France, & plus auant la rendre encore témoin de merueilles de vostre valeur. Iusques-là, MONSEIGNEVR, tous ces grands effects de vôtre courage, & de cette constante fermeté qui n'est qu'aux cœurs des grands Heros, ont eu leur iour, leur éclat, & leur pompe: & quoy que la fortune ou la malice de vos enuieux ait tenté d'obscurcir en des occasions fâcheuses quelque peu de vôtre gloire; elle a toutefois conserué parmy les ombres qu'on y vouloit opposer, cette secrete force de lumieres qui partoient des rayons veritables de V. G. Mais icy ie la voy fort oppressée, en cette prudente retraite que ie nomme vôtre exil, & en cette derniere extremité d'vne fortune injurieuse, qui vous expose sur Mer dans vne fregate, ainsi que Cesar à la mercy des tempêtes; & ie vous voy à pied, dénué d'armes de pouuoir & d'assistance, au milieu de vos Ennemis, au plus fort de vôtre disgrace, entrer dedans vôtre Maison comme en vne Place ennemie. Plus vous tâchez de vous rendre inconnu, & d'effacer le lustre de vôtre conditiō, plus cette audace presque temeraire & heroïque la fait éclatter. Car c'est icy que ie vous voy dedans vne double & vertueuse action de courage & de pieté, bien mieux & en plus grand peril qu'vn fabuleux Aenée, enleuer vôtre Femme, vôtre Fille, & vos autres tresors, pour les sauuer d'vn embrasement general qui alloit perdre & consommer vôtre Maison. C'est par cette preuoyance & hardiesse admirable que vous l'auez conseruée, & qu'il m'est permis de vous voir dans ce premier éclat où ie vous considere & vous admire tout brillant & d'honneur & de gloire, & qui ayant attiré vn Dictateur pour vous rendre hommage, me force même de me declarer & de vous dire que suis,

MONSEIGNEVR,

DE VÔTRE GRANDEVR

Le tres-humble & tres-obeissant
seruiteur, A. MARESCHAL

Extraict du Priuilege du Roy.

PAr grace & priuilege du Roy donné à Paris le 19. Feurier 1646.
signé, Par le Roy en son Conseil, LE BRVN. Il est permis à
Toussainct Quinet Marchand Libraire à Paris d'imprimer ou faire imprimer vne piece de Theatre, intitulée LE DICTATEVR RO-
MAIN, TRAGEDIE, & ce durant le temps & espace de cinq
ans, à compter du iour que ladite piece sera acheuee d'imprimer, & def-
fences seront faictes à tous Imprimeurs & Libraires d'en imprimer, ven-
dre & distribuer d'autre impression que de celle dudit Quinet ou ses ayás
causes, sur peine aux contreuenans de trois mille liures d'amende, con-
fiscation des exemplaires, & de tous despés, dommages & interests ainsi
qu'il est plus au long porté par lesdites lettres.

Acheué d'imprimer pour la premiere fois le 28. Auril 1646.

Les Exemplaires ont esté fournis.

PERSONNAGES.

PAPYRE,   Dictateur Romain.

CAMILLE,   Conful de Rome.

FABIE PERE,   Senateur,

FABIE FILS,   Lieutenant general.

COMINE,   Tribun militaire.

MARTIAN,   Tribun du Peuple.

LVCILLE,   Sœur de Camille, & fẽme de Papyre.

PAPYRIE,   Fille d'elle & de Papyre.

FLAVIE,   Affranchie de Papyrie.

GARDES,   Du Conful.

LA SCENE eft au Palais du Conful Camille, dans vne gallerie qui donne fur le jardin.

LE
DICTATEVR
ROMAIN.
TRAGEDIE.

ACTE I.
SCENE PREMIERE.

CAMILLE, LVCILLE, PAPYRIE.

CAMILLE.

 *Voy? ma Sœur, plaindre ainsi quelque peu
de foiblesse?
Ce reste de langueur qu'vn mal passé me
laisse?*

A

Ie sens naître déja d'vne douce chaleur
Ce plaisir imparfait qui finit la douleur.

LVCILLE.

La douleur qu'on croit morte est souuent endormie,
Et ce plaisir malin réueille vne Ennemie :
Craignez la dans sa fin, c'est trop vous hazarder,
Vous auez en vous seul toute Rome à garder ;
Conseruez vous pour nous, tout l'Empire en vn hôme,
A Lucille son Frere, & son Consul à Rome.

PAPYRIE.

Le mal reuient souuent alors qu'il prend congé,
L'interuale en est doux estant bien ménagé :
Ce bel ordre & si long de pilliers & d'arcades
Qui diuertit les sains peut lasser les malades ;
Ce parterre de fleurs, ce jardin spacieux
Doit borner vos plaisirs à l'vsage des yeux.

CAMILLE.

J'en reçoy, Papyrie, vn agreable office,
Honteux d'estre reduit à ce foible exercice,
Tandis que vostre Pere au milieu des combats
Rend à Rome vn deuoir qui demandoit mon bras :
Ma vertu parle seule, & vous deffend de croire
Qu'vn si juste interest soit jaloux de sa gloire,

Puis qu'en luy resignant, & Rome & mes employs,
Le creant Dictateur j'ay tout mis sous ses loix,
Que mon mal l'a rendu seul Maitre de l'Empire;
J'ay pour luy de la joye, & pour moy ie soûpire
De voir qu'estant Consul ie manque à mon pays,
Et que ma maladie ait mes desseins trahis:
En vn si foible estat peux-tu, superbe Ville,
Connoistre ton Consul, connoistre enfin Camille?

LVCILLE.

Ces regrets, vrays enfans d'vn noble sentiment,
Partent d'vn cœur Romain, qu'on connoist aisément,
D'vne égale vertu, parfaite, & confirmée;
Genereux dans son mal comme dans vne Armée,
Sans force, languissant, & iamais abbatu;
Sa foiblesse est courage, & son mal est vertu:
En vn si ferme estat, Rome superbe Ville,
Tu connois ton Consul, tu connois ton Camille!

PAPYRIE.

Inutile, malade, en vn lict detenu,
Les Dieux en vous sauuant ces Dieux vous ont connu,
Puis qu'en vn si grand trouble, & contre les auspices,
Eux, qui nous menassoient, nous ont esté propices;
Deux victoires ne sont qu'vn prix qu'ils vous deuoient,
Et Fabie a receu ce qu'ils vous reseruoient.

CAMILLE.

C'en est trop ; parlez mieux d'vn succez si prospere,
L'vne & l'autre victoire est deuë à vostre Pere :
Quoy que fasse vne Armée ou de bien ou de mal,
Tout le blâme ou l'honneur retourne au General ;
Luy seul y fait regner & l'ordre & la police,
Il instruit les soldats, les forme à la milice ;
Les combats faits par eux sont à luy seulement,
Chacun y prend sa part, luy, tout l'euenément ;
Le Corps doit tout au Chef, c'est l'ame qui l'inspire,
Si Fabie a vaincu ce n'est que pour Papyre :
Ce Dictateur, absent d'vn Corps qui suit ses loix,
A Rome, & sans combattre a vaincu par deux fois ;
Le bruit de son grand Nom, sa seule renommée
A plus fait que Fabie, & que toute l'Armée ;
Par les auspices saincts qu'il a renouuellez,
Les Dieux fuyoient de nous, il les a rappellez ;
La puissance du Ciel menassoit la Romaine,
Quand la Religion jusqu'icy le r'ameine ;
Il consulte le Ciel, & par vn promt effet
Il change le destin, ou luy-mesme le fait ;
Forcé, contre son ordre, ah ! qui le pourroit croire !
Le destin à ses vœux accorde la victoire
Si promte qu'il n'a pas loisir de l'emporter,
Si grande que les morts ne se peuuent conter ;

ROMAIN:

Qui va jusques au Nom détruire les Samnites,
Au delà des deux Mers estendre nos limites,
Et montrer à nostre Aigle agile, impatient
Le chemin de la Grece & de tout l'Orient.

LVCILLE.

Cette double victoire & si grande & si pleine
A fait toute ma joye, & fait toute ma peine;
Puis que d'entre mes bras elle enléue vn Epoux,
Et qu'aprés la bataille il s'en retourne aux coups.

PAPYRIE.

Il part; Dieux! quelle hâte! est-elle necessaire,
S'il ne luy reste plus d'Ennemis à deffaire?
La victoire du moins deuoit l'en diuertir,

CAMILLE.

La victoire a forcé Papyre de partir;
C'est-elle qui m'afflige, elle que j'apprehende;
La bataille gagnée en laisse vne plus grande;
Les Ennemis deffaits me font peur à leur tour,
Et changent en malheur la gloire de ce Iour,
Ce Iour sera suiui des maux que ie presage :
Rome, tu te plaindras de ce triste auantage;
Les Samnites sont morts, tant de Peuples soûmis;
Mais crains tes propres Chefs plus que tes Ennemis:

Papyre a la victoire ; elle-mesme l'offense :
Fabie a combattu ; mais contre sa deffense.
Ie sçay combien la gloire & l'amour de l'honneur
Gouuernent puissamment & l'vn & l'autre cœur.
D'vne illustre Maison Fabie a pour partage
Les triomphes, l'honneur, le nom, & le courage ;
Vnique rejetton des trois cents Fabiens,
Qui seul porte en son cœur les cœurs de tous les siens,
Et qui digne heritier fait reuiure en vn homme
Ces trois cents dans vn jour sacrifiez pour Rome.
Mais sans rien feindre aussi, sans flatter vostre Epoux,
Papyre est tout Romain, le plus grand d'entre nous ;
Son adresse à la guerre & son experience
Le firent Dictateur, non pas nostre Alliance,
Pour occuper vn lieu qu'il remplit mieux que moy,
M'acquitter enuers Rome & dégager ma foy ;
Quel homme à commander ! obseruateur seuere
Et de la discipline & de l'art militaire :
De là jugez, ma Sœur, ce qu'il faut aujourd'huy
Esperer de Fabie, & craindre aussi de luy,
Luy, qui dedans vn rang à flatter son enuie
Voit sa charge offensee, & sa gloire rauie ;
Que ne fera-t'il point ? que n'est-il pas permis ?
Que pourront ces grands Chefs, & tous deux ennemis ?

                    LVCILLE.
Ennemis ? nullement ; quittez ces vains presages ;

Le Ciel les doit tourner à de meilleurs vsages.

CAMILLE.

Le Ciel ne nous promet qu'vn triste éuenement.

PAPYRIE.

Vous voyez que sa grace en dispose autrement :
Vne victoire enfin digne de sacrifices
Montre les Dieux changez, ainsi que leurs auspices.

CAMILLE.

La victoire est le mal, que peut-estre les Dieux
Veulent faire tomber sur les Victorieux :
Ces deux grand Ennemis .....

LVCILLE.

    Ils ne le peuuent estre;
Vn secret reuelé vous le fera connaître :
Pour finir vos soupçons, vous tirer de soucy,
Papyre ayme Fabie, & luy ma Fille aussi.

CAMILLE.

Et plus que tous les deux tous deux ayment la gloire.

LVCILLE.

Ils l'ayment, l'vn pour l'autre : apprenez en l'histoire.

Papyre Dictateur éleu par voſtre choix,
Comme l'on croyoit voir au plus haut des emplois
Lieutenant general Valere voſtre intime,
Il éleue Fabie à ce degré ſublime :
Cette grande faueur augmente ſon amour :
Son Pere voit Papyre, & courtois à ſon tour
Luy conſacrant ſon Fils & pour Fils & pour Gendre
Eſt raui de l'offrir, & l'autre de le prendre.
Iuſques à leur retour cet hymen differé
Ne me fut qu'au depart en ſecret declaré :
Mais, comme à ce penſer mon plaiſir renouuelle,
Mon cœur veut que ma bouche à tous deux le reuelle;
A vous, pour effacer des ſoupçons mal conceus,
Et regler nos deſirs & vos ſoins là deſſus;
A vous, ma Fille auſſi, pour vous faire paraiſtre
Ce qu'on eſt à Fabie, & ce qu'il nous doit eſtre;
Vous porter à cherir vn ſi noble Romain,
A luy donner le cœur, & dedans peu la main;
Et de cette main propre appreſter la Couronne
A ce jeune Heros à qui le Ciel vous donne,
Ce Vainqueur triomphant, à qui le Dictateur
Veut bien deuoir ſon Char, & ſa Fille, & ſon cœur;
Dont la victoire, au lieu de luy donner ombrage,
Eſt l'effect de nos vœux, comme de ſon courage;
A qui ſon Empereur, loin de la diſputer,
Pour l'intereſt d'vn Gendre y voudroit ajoûter.

                  PAPYRIE.

PAPYRIE.

Papyre est trop couuert de lauriers & de gloire,
Pour vouloir luy rauir sa premiere victoire.

CAMILLE.

Croyons le : mais vn autre y pretend bonne part ;
Et pour vous en parler sans enuie & sans fard,
Valere m'en écrit fort à son auantage,
Et s'il ne se la donne, au moins il la partage :
Sans ordre de Papyre ayant craint d'auancer
Dans le premier combat, de peur de l'offenser ;
La premiere victoire aussi fut imparfaite ;
Mais, où des ennemis fut l'entiere deffaite,
Voyant battre au second l'aîle qu'il commandoit,
Auec elle il perçea tout ce qui deffendoit,
Et par vn stratagéme à iamais memorable . . . .

SCENE II.

GARDE, CAMILLE, LVCILLE, PAPYRIE.

GARDE.

Comine attend, Seigneur.

B

CAMILLE.

Comine ? eſt-il croyable?
Vn Tribun de l'Armée. Et tu dis qu'il attend.

GARDE.

Pour vous voir & vous dire vn ſecret important.

CAMILLE.

Nous l'entendrons : Qu'il entre : Et ce ſera luy-meme
Qui vous déduira mieux ce nouueau ſtratageme,
Qu'il croit faire paſſer icy pour vn ſecret.
Je ne m'oppoſe point par vn zele indiſcret
A ce choix glorieux que Papyre à pû faire :
I'eſtime fort Fabie, & i'ayme auſſi Valere ;
Ie ſçay qu'ils ſont tous deux vertueux en effet,
Tous deux grands ; mais l'vn ieune, & l'autre déja fait,
Dans les charges formé, puiſſant, & Conſulaire :
Ie ne vous parle donc qu'en faueur de Valere :
Deuant à ſon merite autant qu'à l'amitié,
De peur d'eſtre ſuſpect, i'en tairay la moitié ;
Sa derniere action que nous allons entendre
Le rend digne de tout, quoy qu'il vueille pretendre.

LVCILLE.

Figurez le plus digne encor, & ſans deffaut ;
S'il pretend ſur Fabie, il faut aller bien haut.

CAMILLE.

Si haut, s'il est besoin, que l'action connuë
Fera vole sa gloire au dessus de la nuë,
Eleuera son nom iusques dedans les Cieux.
Mais voicy qui pourra vous la dépeindre mieux ;
Et ie sçay que vostre ame en doit estre charmée.

SCENE III.

COMINE, LVCILLE, PAPYRIE, CAMILLE.

COMINE.

ENuoyé par Fabie arriué de l'Armée . . . .

LVCILLE.

Fabie ! est-il à Rome ?

COMINE.

Ouy, depuis vn moment,
Et ie viens de sa part vous faire compliment,
Ce pendant qu'vn deuoir plus fort & necessaire
Prest de venir icy l'arréte chez son Pere.

PAPYRIE.

Rome ne deuoit voir ce Vainqueur glorieux.
Qu'en vn char qui porta si souuent ses Ayeux :

B ij

C'est ce qu'il deust attendre, & c'est ce qu'il merite.

LVCILLE.

Cette gloire deust estre à ses trauaux prescrite:
Mais cet honneur si grand & si bien merité,
A son retour sans bruit ainsi precipité,
Luy peut estre sans doute enuié par Valere.

CAMILLE.

Pour instruire Lucille, autant que pour me plaire,
Ne nous déguisez rien, Amy, sans passion
Parlez nous de Valere, & de son action.

COMINE.

Que diray-je, aprés tout? que pouuez-vous apprendre?

CAMILLE.

Des merueilles, ma Sœur, que vous allez entendre.

COMINE.

Puis que déja dans Rome on la sçait, on la dit;
C'est trop, dispensez moy d'en faire vn vain recit.

CAMILLE.

Vn Amy de Valere ainsi doncque s'excuse?
Ie prie en sa faueur, & Comine refuse?

COMINE.

Amy iusqu'à ce poinct, qu'il n'ose publier . . . . .

CAMILLE.

Une action notable, & qu'il semble enuier.

COMINE.

Pour ne diuulguer pas le mal qui l'a suiuie,
Ie la tay par respect, & non point par enuie.

CAMILLE.

Quel mal ? de quel respect le pensez-vous couurir ?

COMINE.

Il me fermoit la bouche ; on me la fait ouurir :
Mais forcé d'obeir, lors que ie le raconte,
Excusez mon deuoir, aussi bien que sa honte.

LVCILLE.

Voila pour vn effect glorieux & charmant
Certes vn assez triste & froid commencemens.

COMINE.

Par vn respect des Dieux qu'il croyoit mal-propices
Le Dictateur allant reprendre les auspices.

B iij,

Fabie eut dans le Camp tout pouuoir, hors ce poinct
Iusques à son retour de ne combattre point:
L'absence de Papyre en l'vne & l'autre Armée
Ainsi qu'vn haut mystere estoit déjà semée,
Et tenoit sans combattre inutiles & vains
Le Camp des Ennemis & celuy des Romains:
Sçachans du Dictateur & l'ordre & la deffense
Les Samnites montoient iusques à l'insolence;
Abandonnez au jeu, noyez dans le festin,   [butin,
Dans nul ordre, ils sembloient moins vn Camp qu'vn
Et les moins dissolus, sans craindre les approches,
Nous lançoient iusqu'au camp des traits & des reproches.
Quand Fabie à la fin de colere enflamé,
Honteux comme vn lyon de se voir enfermé,
Pressé des Ennemis, animé par Valere
Alluma son courage au feu de sa colere,
Et par vn grand combat heureux & non permis
Força leur Camp, deffit, chassa les Ennemis:
A cet exploit fameux, sa valeur animée
Méme n'employa pas la moitié de l'Armée;
Ie tins hors du combat dans ces occasions
Et la Cavallerie, & quelques Legions,
Que Fabie espargnoit comme vn Corps de reserue
Toûjours prest à donner, qui sans rien faire serue;
Mais qui n'estoit plustôt dans vn combat douteux
Qu'vne embuche à sa gloire, vn obstacle honteux

Que Valere tenoit dreſſé contre Fabie ;
Enuieux de ſon rang, & meſme de ſa vie.

CAMILLE.

Pouuez-vous luy donner ce lâche mouuement ?
Sçauez vous ?

COMINE.

Ie ſçay tout ; mais eſcoutez comment.
Peu deuant ce combat, qui paſſa pour furie,
Valere ſeul en teſte à la Cauallerie
Auecque tout ce Corps faiſant ferme à ma voix
Par ordre de Fabie & que ie luy portois ;
M'expoſe noſtre faute, & montre en confidence
D'vn ieune General l'inſolente imprudence,
Qui ſe portant ſans crainte au combat deffendu
Meritoit ſa diſgrace, & d'eſtre ſeul perdu ;
Qu'à ne combattre point nous ſauuions noſtre eſtime,
Pour nous purger tous deux & de honte & de crime ;
De honte, ſi l'on perd, iettant tout ſur l'auteur ;
Comme en gagnant, de crime enuers le Dictateur.
Pour ce coup ſes raiſons grandes & ſpecieuſes
Me parurent d'eſprit, & non pas enuieuſes ;
De ſon deſſein caché ce voile me deceut ;
Vn Amy les donnoit, vn Amy les receut :
Mais au dernier combat, où pourſuiuant ſa pointe
Fabie à leur Armée auoit la noſtre jointe,

Et poussant les fuyards des champs Pyceniens
Auoit treuué plus loin les derniers Samniens,
Vingt mille, & retranchez assez proche d'Ortone,
Où pour dernier effort la bataille se donne:
A tous ses interests me croyant attaché
Valere à cette fois m'en montre vn plus caché,
Me descouure son cœur, me fait lire en son ame
Ses vœux pour Papyrie, & sa jalouse flame;
Qu'vne egale fureur contre son General
L'embrazoit iustement & contre son Riual,
Qu'auteur de la premiere & seconde bataille
Pour le faire perir à toute heure il trauaille,
A dessein de le perdre en cette ieune ardeur
Ou dedans les combats, ou prés du Dictateur.

LVCILLE.

O lâche trahison, subtilement ourdie!
Appellez stratageme encor sa perfidie.

PAPYRIE.

O cœur vrayement Romain! ô noble amour aussi!

CAMILLE.

Qu'entends-je? Et le combat? acheuez.

COMINE.

Le Voicy.

PAPYRIE.

PAPYRIE.

Il ne combattra point; voila le stratagéme.

COMINE.

Il me pria de vray de faire encor de mesme:
Mais dedans le combat il me vit bien changer.
Rome estoit en peril, & Fabie en danger,
Quand i'eus ordre, au secours de son Infanterie,
D'aller faire auancer nostre Cauallerie:
L'aile gauche deux fois, comme tout se perdoit,
Où comme Lieutenant Valere commandoit,
Contre un gros d'Ennemis qui commenceoit de craindre
Fit quelques vains efforts, & tesmoigna de feindre,
Alors n'espargnant plus mes soins ni mes trauaux
Ie fis oster par tout les brides aux Cheuaux,
Et les faisant pousser d'une horrible furie,
Tout plia, tout fit iour à la Cauallerie.
Valere, qui croyoit tout tendre à son dessein,
N'empescha pas le mien qu'il eust pû rendre vain:
Ce stratag me estrange & difficile à croire
Par les siens, malgré luy, nous ouurit la victoire,
Si grande que la Mer en vit rougir ses ports,
Qu'Ortone eut dans ses champs tous les Samnites morts,
Que Fabie est raui, que Valere luy-mesme
Et m'enuie & s'impute un si beau stratagéme,

C

Par qui i'ay reparé dans ce combat dernier,
Auecque mon erreur, la honte du premier.

LVCILLE.

Deferteur d'vn Amy, dont la gloire eft flétrie,
Mais pour ne l'eftre point pluftôt de ta patrie,
Que ce difcours, Comine, & ta fidelité
A Fabie ont rendu ce qu'il a merité!

CAMILLE.

Qu'vne fureur jaloufe aueugla bien Valere!
Et que fon amitie commence à me déplaire!

COMINE.

Ie ne vous feindray rien, ie l'ay mefme en horreur:
La vertu de Fabie, & ma premiere erreur
M'ont attaché depuis fi fort à fa fortune
Que ie ne veux l'auoir qu'auecque luy commune:
Auffi dans fon peril j'yray iufques au bout,
Ie le fuy jufqu'a Rome, & le fuiuray par tout.

PAPYRIE.

Dittes tout: Quel peril menafferoit fa tefte?
Ses lauriers craindroient-ils la foudre & la tempefte?
Qu'eft-ce qui peut caufer vn fi foudain retour?

LVCILLE.

Quelque trait de Valere, ou peut-estre l'amour.

COMINE.

C'est toute vne autre cause, & qui va vous surprēdre ...

SCENE IV.

FLAVIE, CAMILLE, LVCILLE, PAPYRIE.

FLAVIE.

PResque tout le Senat, Seigneur, viēt de se rendre ...

CAMILLE.

Le Senat? où, Flauie?

FLAVIE.

En ce mesme Palais,

PAPYRIE. bas.

Ma crainte eust tout appris: Dieux! que tu me déplais!

FLAVIE.

Fabie au milieu d'eux, ensemble auec son Pere
Est entré dans la sale.

PAPYRIE. bas.

Ah! ne crains plus, espere.

LVCILLE.

Auanceons nous ; ie meurs du desir de les voir.

CAMILLE.

Comine, allez deuant; ie les vay receuoir.

SCENE V.

PAPYRIE, FLAVIE.

PAPYRIE.

OV vas-tu? quoy? mon cœur, tu cours apres ta vie!
Pour remettre mes sens, arreste vn peu: Flauie.

FLAVIE.

Quels sens, quel triste cœur vous empesche d'aller?

PAPYRIE.

Et mon cœur & mes sens y voudroient tous voler.

FLAVIE.

Si vous auiez creu voir toute Rome assemblée
Fondre dans ce Palais, dont la Cour est comblée,

Et de cris applaudir à ce jeune Vainqueur ;
Vos yeux auroient volé déja, comme le cœur :
On n'entend à ces cris Echo qui ne responde
Fabie est la merueille & de Rome, & du Monde.

PAPYRIE.

Aprés ces cris de joye vn les acheue tous,
Vn qui te surprendra ; Fabie est mon Epoux.

FLAVIE.

Vostre Epoux ? ce Heros ?

PAPYRIE.

Ce Dieu, non pas cet homme,
Qui va faire mon sort, & le destin de Rome.

FLAVIE.

Ie sçay qu'il vous aymoit.

PAPYRIE.

Et tu sçauras icy

Ce que i'ay tant caché.

FLAVIE.

Quoy ?

PAPYRIE.

Que ie l'ayme aussi ;

C iij

Que nos Peres d'accord attendent la iournee
Qu'vn promt retour aßigne à ce grand hymenee;
Que le Senat peut-estre en ce pompeux accueil
Qui le doit iustement enfler d'vn noble orgueil
Vient offrir, par honneur accompagnant son Pere,
Ce vainqueur au Consul, & ce Gendre à ma Mere:
C'est elle qui tantost m'obligeant à l'aymer
Nous a tout descouuert, afin de m'enflamer;
Qui s'est en sa faueur ouuerte & declaree;
Qui m'a par sa loüange à l'hymen preparée;
Qui de ma crainte a fait vn legitime espoir,
De ma flame vn respect, de mes vœux vn deuoir;
Et couronnant mes maux d'vne fin glorieuse
A fait de mon amour vne vertu pompeuse:
Vertu, deuoir, respect, espoir, flame, & langueur,
Et dignes de Fabie, & dignes de mon cœur,
C'est à vous maintenant que sans crainte & sans blâme
Je resigne mon cœur, j'abandonne mon ame:
Enfans doux & secrets d'vn violent transport,
Que ma foy, que l'honneur vient de mettre d'accord,
A ce bon-heur si grand que le destin m'enuoye
Ouurez, desirs, ouurez tous mes sens à la joye;
Ah! si par vn excez on a veu perir,
Agreable trespas! qu'il est doux d'en mourir!
Qu'à l'aspect de Fabie elle soit redoublee;
Allons mourir de joye & de plaisirs comblee,

Acheuer son triomphe & ma vie à ses yeux:
Non; viuons pour sa gloire, & pour luy plaire mieux;
Moderons mes transports, suspendons cette joye:
Respect, couure ma flame, & fay que ie le voye:
Allons donc receuoir triomphant , couronné
Cet Espoux que mon Pere & les Dieux m'ont donné.

ACTE II
SCENE PREMIERE.

LVCILLE, PAPYRIE.

LVCILLE.

MOderez, Papyrie, & vos cris & vos larmes ;
Ie souffre autant que vous en ces rudes allarmes,
Et ce coup estonnant du sort & du mal-heur
Ne m'apporte pas moins de trouble & de douleur.

PAPYRIE.

Ah! Madame, excusez ce transport legitime
D'vn amour qui sans vous ne passoit pas l'estime.

Et qui deſſous vos loix augmenté de moitié
Sur vn ſujet de gloire en eſt vn de pitié:
C'eſt peu qu'en ce reuers que le deſtin m'enuoye
Vne extréme douleur ſuiue vne extréme joye;
Il eſt vray, ce paſſage & difficile & grand
Met vn cœur en deſordre alors qu'il le ſurprend:
Mais au lieu d'vn Mary qui flatte noſtre attente,
Que l'on va receuoir d'vne joye éclattante,
Où l'on cherche vn Amant noble & Victorieux,
Treuuer vn Ennemy ſuperbe, injurieux,
Vn Criminel d'Eſtat, vn mortel Auerſaire
De qui l'orgueil offenſe & les loix, & mon Pere,
Qui juſqu'entre mes bras fuit deuant ſon couroux,
Vn Lyon, que i'aymois deſſous le nom d'Eſpoux?
Ah! c'eſt-là le ſurcroiſt d'vne miſere extréme,
Contre qui ma Vertu s'épuiſe dans moy-meſme,
Dont la force n'eſt plus qu'vn deſpit enflamé
Ou de l'aymer encore, ou de l'auoir aymé.

LVCILLE.

Eſtouffez ce depit, dont l'ardeur vous deuore;
Si vous l'auez aymé, vous l'aymerez encore:
Fabie eſt Criminel; mais on peut l'excuſer:
Papyre eſt en couroux; mais on peut l'appaiſer;
Si l'vn eſt mon Mary, l'autre eſt auſſi mon Gendre;
Ie ſçay ce que ie puis ſur tous deux entreprendre;

Ie

Ie veux que mon esprit se treuue plus puissant
Qu'vn couroux vertueux, & qu'vn crime innocent:
Vostre ame, pour faillir, est trop belle & trop haute;
Si c'est faut d'aymer, i'ay part en vostre faute;
Vne fausse vertu vous le feroit haïr;
C'est vertu que l'aymer, puis que c'est m'obeïr.

PAPYRIE.

Quelle vertu contrainte, & quelle obeissance!
Puis que ne l'aymer pas n'est plus en ma puissance:
Pourrois-ie l'auoir veu, ce Mars humilié,
D'vn cœur doux, sans orgueil, de soy-mesme oublié,
Applaudi du Senat, au milieu de sa gloire,
Demander au Consul pardon de sa victoire,
Mettre tout son triomphe à fuïr le trespas,
Se monstrer si loüable à ne se loüer pas,
Enuers Rome excuser vn mal si profitable?
Et ne luy garder pas vne amour veritable?
Pourrois-je d'autre part voir vn Pere offensé,
Vn Chef desobeï, dans son Camp delaissé
S'armer contre son crime? & de haine incapable
Moy, voir son Ennemy? moy, cherir le Coûpable?
Tous mes sens en desordre osent donc me trahir;
Ie le tiens odieux, & ne le puis haïr;
Ie ne le puis aymer, & ie le treuue aymable;
Il me paroist horrible, & me semble agreable.

D

Mon Pere & mon Amant combattent dans mon cœur,
L'vn mon trop de tendreſſe, & l'autre ma rigueur;
Ils m'accuſent tous deux, & tous deux me font craindre;
Ils me bleſſent tous deux, & tous deux me font plaindre:
Fabie, ah! c'eſt mon Pere; & tu peux l'offenſer?
Papyre, ah! c'eſt ton Gendre; & tu peux le chaſſer?
Arreſtez; tous vos coups retombent ſur moy meſme;
Vous ne pouuez bleſſer vn de vous que ie n'ayme:
O Papire! ô Fabie! ô cœurs trop animez!
Vous monſtrez biē tous deux cōbien peu vous m'aimez;
Vn vain deſir d'honneur vous force, & me ſurmonte;
Et tous ces grands combats ne ſeront qu'à ma honte:
Ie voy déja l'orage eſleuer mille flots,
Et Rome diuiſee entre ces deux Heros;
Ie voy mon Pere armé de ſa toute-puiſſance
Combattre vn digne effect d'vne indigne licence,
Fabie enuironné de gloire & de faueur
Oppoſer le Senat contre le Dictateur:
Que de diuiſions pour vne chere vie
Et trop fort deffenduë, & trop fort pourſuiuie!

LVCILLE.

Croyez qu'on n'en viendra iamais iuſqu'à ce poinct.

PAPYRIE.

Qu'ont ils fait dans le Camp? vous ne le ſçauez point?

LVCILLE.

Ie sçay ce que Papyre a fait dans sa colere;
Mais ie tiens qu'il estoit enflamé par Valere:
Fabie a par sa fuite éuité le trespas;
Papyre est seul au Camp, qu'il ne quittera pas;
Contre les Ennemis employant son courage,
Le temps & le Senat calmeront cet orage;
Comme Gendre Fabie en grace retourné.....
Mais il vient, ce Vainqueur en triomphe mené.

PAPYRIE.

Comme Ennemy d'vn Pere, ou comme vostre Gendre
Ie ne le puis fuir, & ie ne l'ose attendre:
Que feray ie ? ô fureur ! que voy ie ? ô doux transport !

SCENE II.

FABIE, CAMILLE, LVCILLE, PAPYRIE.

FABIE. entrant auec Camille.

CEtte Maison sera mon naufrage, ou mon port:
I'ay quitté le Senat qui m'a pris en sa garde;
Pour Iuge, ou pour appuy, c'est vous que ie regarde;

D ij

Ie ne veux point auoir en mon affliction
Contre le Dictateur d'autre protection
Que ce lieu, son beau-Frere, & sa femme, & sa fille,

CAMILLE.

Vous les voyez, Fabie, & toute la famille:

LVCILLE.

Qui sur les grands effects d'vne insigne valeur
Admire vostre gloire, & plaint vostre mal-heur.

FABIE.

Quel mal-heur glorieux qui me fait voir encore
Tout ce que ie respecte, & tout ce que i'adore!
Tout mon mal-heur, Madame, est dans mon action,
Comme toute ma gloire en vostre affection:
Le Pere me poursuit; j'éuite sa colere,
Et prends pour me punir & la Fille, & la Mere,
Le beau-Frere pour Juge en ce grand interest,
Sa Maison pour refuge, & sa voix pour arrest.
Le Senat me protege, & le Peuple m'honore:
Mais vous estes le seul digne que ie l'implore,
Camille, ie remets ma vie entre vos mains,
Comme au plus genereux & plus grand des Romains;
Toute cette faueur, que brigue en vain mon Pere,
Je la treuue en vous seul, c'est en vous que j'espere;

Et ie n'espererois rien de vous, ni des Cieux,
Si mon crime n'estoit & noble, & glorieux;
Il peut sans honte errer dedans vostre memoire,
Il vous est familier, c'est mesme la victoire:
Craindrois-ie vostre Arrest, ni d'estre condamné,
Pour les mesmes succez qui vous ont couronné?
Et si cet attentat que veut punir Papyre
Fait moins ma gloire encor que celle de l'Empire?
J'ay l'honneur du combat; Rome en a tout le fruict;
Ce combat la maintient; ce combat me détruit;
Et pour vn haut exploit, dont la gloire est complice,
Au lieu d'vne Couronne, on m'appreste vn supplice,
Vne honteuse mort pour vn fait vertueux:
A peine ay-ie éuité ce foudre impetueux,
Qui mesme dans le Camp fumant de ma victoire
Alloit faire tomber, & ma teste, & ma gloire:
Maintenant ie la donne, & ne me deffens pas,
Ie fuy l'ignominie, & non point le trespas:
Si vous, si le Senat ordonne que ie meure,
Prononcez, ie suis prest d'expirer à cette heure;
Ce bras victorieux par vn coup noble & beau
Versera mieux mon sang que la main d'vn Boureau,
Et ce sang genereux offert comme en victime
Lauera ma victoire, & ma honte, & mon crime,
Il est pur, il est noble.

CAMILLE.

Il faut le conseruer,
Il fait triompher Rome ; elle doit le sauuer ;
Elle est trop obligee à de si grands seruices :
Et si pour la victoire il faut des sacrifices,
Elle seroit impie en rendant grace aux Dieux
D'immoler en victime vn Vainqueur glorieux,
Rome n'est que seuere ; elle seroit barbare ;
Elle traitera mieux vne vertu si rare,
Et pour moy, suppliant enuers le Dictateur
I'aimeray le Coûpable, & le Persecuteur,
Et nous joignant ensemble & la Fille & la Men
Nous serons importuns autant qu'il est seuere,
Il aura pour partie en vn si grand courroux,
Et la Mere, et la Fille, & le Senat, & nous.

LVCILLE.

Auec vn tel appuy craindrez-vous de combattre?
Papyre sera seul, & nous nous treuuons quatre :
Contre nous, contre Rome offerte à ce besoin
Ses coups seront sans force, il combattra de loin.

SCENE III·

FLAVIE, PAPYRIE, FABIE, LVCILLE, CAMILLE.

FLAVIE.

AV contraire, il est proche : ô Fabie ! ô Camille !
Helas ! le Dictateur vient d'entrer dans la ville.

PAPYRIE.

Dans la Ville ? mon Pere ? ô Dieux ! qu'ay-ie entendu ?
Ie l'auois bien predit ; ah ! Fabie est perdu.

FABIE.

Ce ne sera iamais qu'en vous perdant, Madame :
Mais vostre peur m'asseure, & sa glace m'enflame,
Puis que ce cœur surpris monstre par vos regrets
Des vœux que le silence auoit tenus secrets ;
Si la Fille en son cœur fait des vœux pour ma vie,
Craindrois-ie de la voir par le Pere rauie ?
Entre, Pere cruel, viens perdre ce Vainqueur ;
Ie crains peu de mourir, si ie vy dans son cœur ;
Ma mort, qui me fera reuiure en sa memoire,
Quand tu crois me punir m'est vne autre victoire ;

Viens rendre ton courroux & mes desirs contens,
Noble & cher Ennemy, viens doncque; ie t'attens.

PAPYRIE.

Vous le verrez trop tost, peut-estre à vostre perte;
Helas !

FABIE.

       A ce soûpir, ma mort sur l'heure offerte
Deuiendroit agreable à mon cœur amoureux;
Quoy qu'on fasse à present ie ne puis qu'estre heureux.

CAMILLE.

On a déja trop fait d'attaquer vostre vie.

LVCILLE.

Mais il faut preuenir cette mortelle enuie;
Secondez nous, Camille; & déja dans ce soin
Ie vay treuuer Papyre.

FLAVIE.

       Il n'en est pas besoin:
Madame, il vient icy: je viens d'oüir moy-mesme
Un serment qu'il a fait dans sa colere extréme,
Qu'il ne reuerra point les Dieux de sa Maison
Que d'un Vainqueur coûpable il n'ait tiré raison;

       Mesme

Mesme il en a iuré par ses Dieux domestiques :
Le bruit de sa fureur vole aux places publiques ;
Il resonne par tout ; on n'entend que clameurs ;
Rome n'est plus que cris, que langues, que rumeurs ;
A sa voix, à ses yeux le plus asseuré tremble ;
Par son ordre déja tout le Senat s'assemble :
Mais sçachant qu'il passoit en ce lieu pour vous voir,
Ie viens d'vn pas hâté vous le faire sçauoir.

LVCILLE.

Sans toy, belle Affranchie, il nous eust pû surprendre :
Preuenons le, mon Frere, allons le voir descendre,
Opposons quelque obstacle à cet ardent couroux,
Arrestons dedans l'air la foudre auant les coups ;
Elle gronde souuent, sans pourtant qu'elle tombe.

PAPYRIE.

Mais la voyant tomber, Dieux ! quel cœur ne succôbe ?

FABIE.

Le mien, qui fera voir dans vn trouble si grand
Qu'on peut par la Vertu triompher en mourant.

LVCILLE.

Quel desespoir iniuste à la mort vous conuie ?
Ah ! laissez nous, sans vous, disputer vostre vie ;

E

Puis que voſtre ſalut eſt reduit à ce poinct,
Demeurez en ce lieu; mais ne vous montrez poine.

CAMILLE.

Ce lieu vous ſeruira de priſon, & d'aZile.

FABIE.

Mais d'vn Tẽple, où mes Dieux ſõt Lucille & Camille.

SCENE IV.

FABIE, PAPYRIE, FLAVIE.

FABIE.

MAis les puis ie appeller mes fauorables Dieux?
Et pourrois-ie en chercher d'autres que vos beaux yeux?
Lors que ie les adore, & que ie vous contemple,
Ie voy mes Dieux humains, mõ Autel & mon Temple,
Où mon cœur ſe conſomme, & doit eſtre en ce iour
Victime du deſtin, & victime d'amour;
Et l'vne & l'autre mort ne peut qu'eſtre agreable;
L'vne eſt delicieuſe, & l'autre eſt honorable;
Ie mourray pour ma gloire & mon contentement,
En Vainqueur par le fer, par vos yeux en Amant;

Pour ma gloire & pour vous si le trespas m'emporte,
N'est-ce pas triompher que mourir de la sorte?

PAPYRIE.

C'est me perdre moy-mesme, & par vn coup du sort
Me blessant en autruy me tuer par sa mort:
Deffendez vous du fer qui causeroit mes larmes,
Et ne redoutez rien du côté de mes charmes;
Mon Pere vous sera plus fatal que mes yeux;
Je puis sauuer l'Amant, non le Victorieux.

FABIE.

Donc ma gloire me perd? ah! victoire funeste,
Qui détruit nostre amour & l'espoir qui me reste!
Las! pour vous meriter ie vainquis seulement,
Je fus victorieux pour me montrer Amant;
Et par vn sort malin autant que plein de gloire
Ie vous perds, ie me perds par ma propre victoire.

PAPYRIE.

Ah! sauuez vostre vie, & moy-mesme en ce poinct:
Car c'est me conseruer que ne vous perdre point.

FABIE.

La sauuer? non, par tout ma ruine est ouuerte,
Ie cours, en me sauuant, à ma plus grande perte:

E ij

Quoy? viuray-ie sans vous, & sans vous obtenir?
Le courroux paternel viendra nous desunir:
D'vn ou d'autre côté vous me serez rauie,
Ie vous perds par ma mort, ie vous perds par ma vie:
Ah! i'ayme mieux, sans suiure vn espoir deceuant,
Vous perdre par ma mort que vous perdre en viuant.

PAPYRIE.

Quoy? dans ce desespoir plus grand que sa colere
Vous m'estes plus cruel que ne vous l'est mon Pere;
Ennemis l'vn de l'autre, & contre moy tous deux
Vous conspirez ensemble à détruire mes vœux:
Considerez qu'enfin vostre vie est la mienne;
Si l'vn peut l'attaquer, que l'autre la soûtienne:
Pour gagner de la gloire, & pour me meriter,
Vous vainquîtes; vainquez encor pour m'emporter;
Comme ie fus au Camp l'objet de vostre crime,
Que ie le sois icy d'vn combat legitime;
Animez le Senat à vous bien maintenir
Sur vn crime si beau qu'on ne le peut punir;
Opposez. ... Mais que dy-je? helas! que faut-il faire?
Opposer? Qui? Fabie; vn Amant contre vn Pere:
O genereux, ô doux, ô cruel mouuement!
Mais puis-ie voir vn Pere armé contre vn Amant?
Contre son Gendre propre, & contre Rome encore,
Qui coûpable qu'il est, ainsi que moy l'adore:

Mais deurois-je adorer vn qu'vn Pere pourſuit ?
Ce penſer combat l'autre, & l'autre le détruit :
Non, mon Pere cruel ne le doit pas pourſuiure ;
Vn ſi noble Vainqueur merite au moins de viure ;
Viuez, viuez, Fabie.

FABIE.

Ah ! ſans vous ie ne puis ;
Et ce penſer me plonge en vn goufre d'ennuis :
Ce Pere veut ma vie ; & ie la puis deffendre :
Mais durant ſon courroux ie ne vous puis pretendre.

PAPYRIE.

Que pretendez-vous donc ?

FABIE.

Helas ! ie n'en ſçay rien ;
De me perdre pluſtôt que de quitter mon bien.

PAPYRIE.

Si mon Pere en vient-là, quoy que ie le reuere,
S'il faut qu'il vous immole à ſon couroux ſeuere ;
Autant pour vous vanger qu'afin de le punir,
Ma genereuſe mort nous poura reünir ;
Il faut, pour reparer cette rigueur étrange,
Si le Pere vous perd, que la Fille vous vange.

E iij

FABIE.

Au lieu de me vanger contre vn Pere & les loix,
Ce seroit me punir & me perdre deux fois:
Oyez, déja mon Ombre & crier, & vous dire;
Ne me vangez pas tant, offensez moins Papyre

PAPYRIE.

Ie sçay que ie l'offense en ce haut sentiment
Qui ne peut separer l'Ennemy de l'Amant;
Que cruelle à mon Pere, & pour vous pitoyable
Ie say contre vn deuoir vne faute loüable.
Pour elle aussi ma mort, comme pour son couroux,
Me punit enuers luy, le punit enuers vous;
Elle suiura la vostre, & l'exemple d'vn Pere;
On doutera des deux qui fut le plus seuere,
Luy pour garder les loix, moy pour sauuer ma foy;
Ce qu'il fera sur vous, ie le feray sur moy;
La mort nous rejoindra, si la mort nous separe.

FABIE.

Ah! soyez moins cruelle.

PAPYRIE.

Ah! qu'il soit moins barbare!

FLAVIE.

Ce deseſpoir l'emporte : O cœurs trop genereux !
Que feront-ils ? j'en tremble & crains déja pour eux :
Suy les ; empêche au moins qu'on voye icy Fabie ;
Toy-meſme, à ſon deffaut, prends le ſoin de ſa vie.

ACTE III.
SCENE PREMIERE.

PAPYRE, CAMILLE, LVCILLE.

PAPYRE.

Q V'on ne m'en parle plus ; il mourra, l'inſolent.

CAMILLE.

Quoy ? voulez vous paſſer pour eſprit violent ?

PAPYRE.

Comme eſtant Dictateur, ie veux paſſer pour homme
Qui ne voit que les loix & l'intereſt de Rome.

LVCILLE.

Rome éleue son front par deux si beaux combats.

PAPYRE.

Rome par ce chemin seroit bien tôt à bas,
Elle à qui le destin promet toute la Terre
Par la religion & les loix de la guerre :
Et Fabie ose enfraindre en cette occasion
Et les loix de la guerre, & la Religion :
Ie deffends le combat pour vne iuste cause,
I'ay soin de mon armée ; & l'Insolent l'expose ;
Ie reuiens, par la peur d'vn succez mal-heureux,
Reuoir les Dieux de Rome ; & luy se moque d'eux :
Ie r'appelle le sort, par de nouueaux auspices ;
Et luy, tente les Dieux, quand ie les rends propices :
Si le sort est changé, c'est par moy, c'est par eux ;
Son courage au combat a moins fait que mes vœux ;
De Rome à nostre Camp i'enuoyay la victoire ;
Et les Dieux dans son crime ont pris soin de ma gloire.
Le ieune temeraire ! il y deuoit perir :
Mais ceux que i'inuoquois l'allerent secourir ;
Ils regarderent moins sa gloire que ma honte ;
Il exposoit mon Camp ; ils m'en ont rendu conte :
On dira de son bras, comme de ma vertu,
Que Papire & les Dieux ont par luy combattu.

CAMILLE

CAMILLE.

Mais il rend glorieux & les Dieux, & Papyre.

PAPYRE.

Mais il choque les loix, & hazarde l'Empire.

LVCILLE.

Son courage est sa loy; l'Empire est conservé.

PAPIRE.

Non pas; si l'on ne perd celuy qui l'a sauuè
Si les loix dépendoient d'vn si ieune courage,
Et l'Empire & les loix feroient bien-tôt naufrage;
Le courage par fois ne sert qu'à nous trahir;
Qui veut bien commander doit sçauoir obeïr;
Sans cet ordre les Chefs n'auroient plus de puissance,
Et la guerre seroit vn monstre de licence:
Quoy? donner vn combat, que i'auois deffendu?

LVCILLE.

Le succez de sa faute en a bien répondu.

PAPIRE.

Répond-il d'vne ardeur qui peut perdre les autres?
Auront-ils des succez, toûjours pareils aux nostres?

Faisons leur vn exemple épouuantable & grand
D'vn Chef, biẽ que vainqueur, qui sur l'ordre entreprẽd,
Et dedans la carriere à ces grands Cœurs ouuerte
Que Fabie aujourd'huy les sauue par sa perte.

CAMILLE.

Plustôt par la Clemence enseignez leur à tous
Cet art plus glorieux de vaincre son couroux ;
Vous-mesme deuenez vn memorable exemple,
Qu'en la guerre, en la paix toute Rome contemple ;
Et montrez par vn trait qui vous va couronner
Que Fabie a fait mal s'il luy faut pardonner :
Le meilleur Empereur n'est pas le plus seuere ;
Voyez ce qu'auant vous fit Camille mon Pere :
Vn temeraire Chef, qui l'auoit offencé,
Fut compagnon d'honneur par luy-mesme auancé :
Quel pardon, qui passa iusqu'à la recompense !
En vne faute heureuse imitez sa Clemence ;
L'exemple en est celebre, & c'est d'vn Dictateur
Que Rome nomme encor son second fondateur.
Cincinnate autre fois....

PAPIRE.

Suffit qu'il m'en souuienne :
Mais chacun suit sa voye ; & ce n'est pas la mienne :
Fabie est glorieux au dessus du pardon ;
Il ne peut demander, ni moy, faire ce don.

LVCILLE.

Ie l'implore pour luy ; donnez le à mes prieres.

PAPYRE.

L'importance du faict les rend icy legeres ;
Non, vous ne ſçauez pas ce que vous demandez.

LVCILLE.

Vn Heros, qu'on pourſuit.

PAPYRE.

Qu'en vain vous deffendez.

LVCILLE.

Ie deffens vn Vainqueur.

PAPYRE.

Ah ? c'eſt trop entreprendre ;
Ce Vainqueur doit perir.

F ij.

SCENE II.

PAPYRIE, PAPIRE, FLAVIE, LVCILLE, CAMILLE.

PAPYRIE.

MAis non pas voſtre Gendre.

PAPYRE.

Que ce nom me ſurprend! Lucille, qu'eſt-ce cy?

PAPYRIE.

Ah! donneZ moy ſa vie.

PAPYRE.

              Et toy, ma Fille, auſſi!
Quoy? toute ma Maiſon me combat, & conſpire
Contre l'autorité que ie garde à l'Empire?
Conſpirez pour Fabie, & combattez tous trois;
I'auray pour moy l'empire, & la force, & les loix.
Que parles-tu d'vn Gendre : & quelle eſt cette audace
Qui te fait demander & ſa vie, & ma grace?
Quoy? pour mõ Ennemy, qu'vn crime rend Vainqueur,
Ta bouche oſe s'ouurir auſſi bien que ton cœur?

Quelle indiscretion ? où va cette imprudence ?
Madame, & l'on trahit ainsi ma confidence ?
Vous estes femme enfin, & vous auez parlê.

LVCILLE

Ie suis Mere de plus, & i'ay tout reuelé :
Mais quand bien i aurois tû ce qu'il falloit apprendre,
La parole vous lie, est-il moins vostre Gendre ?

PAPYRE.

Le secret n'estoit pas si prest à publier :
Ma parole est sacrée, elle me doit lier ;
Ouy ouy, nous la tiëdrons. Vous n'auez sceu vous taire ;
Ma Fille a trop appris, & n'ose que trop faire :
Mais vn moyen me reste, en le faisant punir,
D'acquitter ma parole, & ne la pas tenir ;
Ie la dégageray, sans que ie la viole,
Et rompray ce lyen, sans rompre ma parole :
Fabie est donc mon Gendre : & pour ne l'estre pas,
Ie me puis dégager bien tôt par son trépas ;
Ie puniray son crime.

PAPYRIE.

Ah ! mon Pere !

PAPYRE.

Et le vostre.

PAPYRE.

Sçachez que son trépas sera suiui d'vn autre :
Regardez vostre foy, ma douleur, & son rang ;
Epargnez vostre Gendre ; épargnez vostre sang ;
Nous auons merité tous deux vostre colere ;
Mais il est vostre Gendre, & vous estes mon Pere.

PAPYRE.

Mais il est criminel, & vous, bien plus que luy,
Mais...

LVCILLE.

Ferez vous perir vostre race aujourd'huy ?
Croyez que ie suiuray le destin de ma Fille :
Quoy ? pour vn poinct d'honneur perdre vostre Famille ?

PAPYRIE.

Ce poinct va conseruer le pouuoir souuerain,
Qui m'anime à ce coup & me hausse la main ;
Ma main luy va donner ce que Rome demande ;
Si Fabie est trop peu, ma Famille en offrande ;
Si ma Famille encore est peu pour son besoin ;
Tout mon sang coulera dans vn si noble soin ;
Ma Dictature attend vn exemple si rare ;
Elle, ou luy, doit perir.

PAPYRIE.

Quel exemple barbare?
Répondons luy de cœur; s'il faut mourir, mourons.

LVCILLE. S'en allant auec sa fille.

Cruel, va l'immoler; dans peu nous le suiurons.

CAMILLE.

Voyez ce qu'en ces cœurs produit vostre colere.

PAPYRE.

Quelle fureur? ô Dieux! retenez les, mon Frere:
J'en demeure interdit.

SCENE III.

FLAVIE, CAMILLE, FABIE, PAPYRE, COMINE.

FLAVIE.

S Eigneur, n'auancez pas;
C'est courir à la mort; elle est dessus vos pas;
Ayez plus de respect, ou de soin pour la vie.

CAMILLE.

Elles sont déja loin : va, cours aprés, Flauie.

FABIE.

Auançons.

PAPYRE.

Ah : c'est trop balancer mon couroux,
Il tombera... Que voy-ie ? il tombera sur vous :
Quoy ? tous deux, à mes yeux, dedãs ce trouble extrême,
Vous venez me brauer iusqu'en ce Palais mesme ?

FABIE.

Nous venons au deüant d'vn foudre en sa fureur.

COMINE.

Contenter le couroux d'vn puissant Empereur.

FABIE.

Tous deux en vrays Romains, luy de mon sort complice,
Moy, n'ayant pû soufrir la honte d'vn supplice,
Nous venons genereux à vos pieds apporter
Deux têtes, qu'on pouuoit contre vous disputer.

PAPYRE.

Quoy ? ces cœurs sont rendus, ces ardents à combattre ?
Ces courages pli ront, quand ie croy les abbattre ?

Releuez

Releuez les ; i'ay honte à vous voir relâcher,
Soyez, en resistant, dignes de me fâcher :
Donc Fabie est rebele aux loix, dans mon Armée ?
Et dans Rome, ses feux ne sont plus que fumée ?
Le Senat le soûtient, il peut faire vn party ;
Et deuant le combat son cœur s'est démenty ?

F A B I E.

Mon cœur ne le sçauroit, il est le mesme encore ;
Mais plus il est puissant, & plus il vous honore :
Sans liguer le Senat, sans armer nos Maisons,
Mon respect sera seul ma force, & mes raisons.
Mon courage osa trop, il se laissa surprendre,
Il déroba la gloire ; & ie vous la viens rendre ;
Ie vous rends mes honneurs, ma dignité, mon rang ;
Acceptez ma victoire, & prenez tout mon sang.

P A P Y R E.

Ie veux tirer ce sang, non pas qu'on me le donne ;
L'Ennemy me déplait alors qu'il s'abandonne :
Vostre victoire n'est que d'vn crime éclattant
Le fruict qu'vn Criminel doit au sort qui l'attend.

F A B I E.

Auancez donc ce sort, tranchez ma destinée.

G

PAPYRE.

Le Senat le doit faire , & dans cette journée.

FABIE.

Daignez auec Camille icy la terminer;
Il m'est tout vn Senat , & me peut condamner;
Vous connoîtrez tous deux combien ie vous respecte:
Sa vertu moins qu'à moy vous doit estre suspecte;
Il en peut decider deuant vous , & chez luy.

PAPYRE.

Loin d'estre vostre Iuge , il s'est fait vostre appuy.

CAMILLE.

Ie le suis de sa gloire , & de son innocence ,
Qui fait vne vertu d'vn crime de licence;
Son cœur , par vn remords & noble & genereux
Desauouë à ses bras ce qu'il a fait par eux ,
Il renonce à sa gloire , & leur en fait reproche:
Et ce cœur ne sçauroit toucher vn cœur de roche.

PAPYRE.

Il le touche , il le perce , & ne l'ébranle point;
Ce rocher s'affermit , & demeure en vn poinct.

FABIE.

Ie voy qu'en luy l'amour a fait place à la haine ;
Ce poinct me l'a fermé, ce poinct seul fait ma peine ;
Ce poinct détruit la grace où j'allois recourir,
Et plus fort que mon crime il me fera mourir ;
Il endurcit ce cœur qui fut pour moy si tendre,
Et vous fait oublier que ie suis vostre Gendre.

PAPYRE.

Mon Gendre ? vn Criminel ? Non, vous ne l'estes plus :
Ne cherchez point ce titre & des noms superflus ;
C'est en m'obeissant qu'il falloit le paraître.

FABIE.

Les combats m'ont fait voir bien plus digne de l'estre ;
Et ie n'ay recherché d'estre victorieux
Que pour rendre encor plus vostre choix glorieux,
Que pour iustifier vne si haute place
Acquise en vostre Armee, ainsi qu'en vostre grace ;
Et par vne victoire entrer plus dignement
Dedans vostre Maison en Vainqueur, en Amant :
Mais par cette Victoire, à ma premiere entree,
Mon amour pour triomphe a la mort rencontrée.
Ie l'attens ; mais plus noble, & digne de mon cœur :
Que le bras de l'Amant punisse le Vainqueur ;

G ij

Soufrez que mes lauriers s'immolent à ma flame,
Que ce fer à vos pieds luy consacre mon ame;
Pour sauuer mon honneur permettez que mon bras,
Ce fameux Criminel qui donna ces combats,
Sans attendre vn Boureau qui souilleroit ma gloire,
Verse icy tout mon sang, pour lauer ma victoire.

SCENE IV.

PAPYRE, FABIE PERE, CAMILLE, FABIE FILS, COMINE.

PAPYRE.

Dieux! que sents-je? est-ce moy?

FABIE. Pere, Voyant son fils à genoux.

Dieux! que voy-ie? est-ce luy!
Quel spectacle? ô mes yeux! ô mon cœur! quel ennuy?

COMINE.

Quel furieux transport! & que vouliez-vous faire?

FABIE. Fils.

Trop peu pour mon amour.

FABIE Pere.

   Mais bien trop pour ton Pere:
Qu'ay-ie dit? ie me trompe; & tu n'es pas mon Fils;
Lâche, ce que tu fais détruit ce que tu fis:
Quoy? pour vne victoire & si grande & si pleine
Implorer ce Cruel? t'exposer à sa haine?
Luy demander la vie? ô honte! ô lacheté!

FABIE, Fils.

Moy? mon Pere.

FABIE, Pere.

   Tay toy: puis-ie l'auoir esté?
Ce cœur remporta-t'il vne double victoire?
Ce cœur pouroit-il bien ternir ainsi sa gloire?
A-t'il tant de foiblesse? eut-il tant de vigueur?
Infame, répons moy; répons moy, noble cœur:
Mais lâche & genereux, que me peux-tu répondre?
On voit vne action dans l'autre se confondre;
L'vne me fait horreur, & l'autre a des appas;
Par elles c'est mon Fils, & si ce ne l'est pas:
Parle, fils genereux; mais plustôt parle, infame;
As-tu doublé ton cœur? as-tu doublé ton ame?
Mais quel aueuglement à ma colere est joint!
Je t'impute deux cœurs, lâche, tu n'en as point.

Aprés vne victoire & si belle & si rare,
Tu viens de le laisser aux pieds de ce Barbare:
Peux-tu bien racheter vne vie à ce prix,
Digne de ses rigueurs, digne de ses mépris?
Ta victoire peut elle estre encore enuiée?
Il te la doit ceder; ah! tu l'as bien payée:
Quoy? demander la vie? vn Fabie, vn Romain?
As tu perdu ton cœur? qu'as tu fait de ta main?
Pour effacer ta honte, & pour finir ma peine,
Viens emprunter la mienne, elle est toute Romaine;
Je t'ay donné le iour, ie puis te l'arracher;
L'auoir en don d'vn autre, ah c'est vn don trop cher,
Quoy? demander la vie? ô l'indigne foiblesse!

FABIE. Fils.

Que ce reproche iniuste & m'anime & me blesse!
Moy, demander la vie? vn bien plus noble effort
Me tenoit à ses pieds pour implorer la mort:
Mais puis qu'il est encore appreuué de mon Pere,
Je puis le contenter, ie doy vous satisfaire,
Et vay dans les transports de mon cœur amoureux,
Si ie doy Criminel, payer en genereux;
Ie preuiendray du moins le supplice & ma honte:
Mon sang, de mes desirs à tous va rendre conte:
Vous, lisez dãs mõ cœur, vous verrez iusqu'au fonds;
Vous mon Pere, voicy comme ie vous répons.

PAPYRE.

Arreſtez ſa fureur.

FABIE. Pere.

Ou pluſtôt ſon courage;

Par luy ie voy mon Fils, & combien ie l'outrage;
C'eſt comme mon ſang parle, & repare vn affront;
Je parlois en Fabie, en Fabie il répond.

COMINE.

Ie ne vous quitte point.

FABIE. Fils.

Faut-il qu'on me confonde?

Souffre que de mon cœur mon propre bras réponde.

COMINE.

On connoît voſtre Cœur digne d'vn autre ſort.

FABIE Fils.

On le connoîtra mieux encore par ma mort.

PAPYRE.

La preuenir ainſi, c'eſt la craindre, & ſe rendre;
Il faut la diſputer; la force eſt à l'attendre.

F A B I E. Fils.

Ouy, quand auec éclat on la peut diſputer;
Mais attendre vn ſupplice? ah! c'eſt le meriter.

C A M I L L E.

Noſtre vie eſt aux Dieux; le deſtin en diſpoſe:
Le ſupplice eſt honteux ſeulement par la cauſe;
D'vn ſupplice on peut faire vn trépas glorieux;
Il faut viure pour nous, & mourir pour les Dieux.

F A B I E. Fils.

J'ay vécu pour l'honneur; ie veux mourir de meſme.

P A P Y R E.

Mourir par deſeſpoir eſt vne erreur extréme.

F A B I E Pere.

Ouy, Cruel; mais icy rien n'eſt deſeſperé:
A t'oüir, on croiroit ſon trépas preparé;
Tu crois que le Senat ſelon tes vœux l'aſ prête;
Tu refuſes ſa main, pour mieux auoir ſa tete;
Ce n'eſt pas de ſon bras que tu veux obtenir
Vne mort qui te vange & le puiſſe punir:
Ta douceur n'eſt que feinte, & ie voy ta malice;
Tu retardes ſa mort, pour hâter ſon ſupplice;

C'eſt

C'eſt deſſus ſon honneur que tu veux te vanger :
Mais le Senat eſt iuſte, & doit le proteger :
Tu n'en veux qu'à ſon nom, tu n'en veux qu'à ſa gloire ;
Ta ialouſie eſt claire, & ta malice eſt noire ;
Ton lâche procedè, violent, factieux
Mêt ſon crime ſi haut qu'il t'en montre enuieux ;
Son crime, qui t'offenſe, eſt ſi beau, qu'il nous flatte ;
Nous euſſions tû ſa gloire, & tu fais qu'elle eclatte ;
Rome, qu'elle enrichit, porte au deſſus des loix
Ce crime, qui n'eſt plus crime que dans ta voix ;
Que ta voix annoblit, que ta rigueur illuſtre,
Qu'elle fera paſſer de l'vn à l'autre luſtre ;
Ce crime, honneur de Rome, & dont l'accuſateur,
Ou pluſtôt l'Enuieux, eſt vn grand Dictateur ;
Ce crime, qui la ſauue, & que le Camp renomme ;
Pour qui l'on dûſt ouurir tous les Temples de Rome,
Pour faire ſacrifice, & rendre grace aux Dieux
Des victoires qui vont perdre vn Victorieux :
Ie ne le nomme point ton Amy ni ton Gendre ;
Ie retire mon ſang quand tu le veux réprendre :
Veux-tu, pour confirmer l'alliance & l'accord,
Le ſigner par ſon ſang, l'arréter par ſa mort ?
Tygre, va le répendre, & Tygre, va le boire :
Mais reuere ſon nom, puniſſant ſa victoire ;
Songe au ſang precieux, qu'elle-meſme épargna,
Que tu la pouuois perdre, & qu'il te la gagna :

H

Voy...

PAPIRE.

Quoy voir ? j'ay trop veu sa desobeissance,
Et ie voy mesme icy trop braver ma puissance :
Quel insolent orgueil ? craignez...

FABIE. Pere.

Ie ne crains rien :
La crainte est aux méchants ; nous en differons bien :
Connoy mieux ton pouvoir, & les Ames Romaines,
Nous auons eu l'éclat des marques souueraines :
Ie craindrois ? moy ? Consul, trois fois, & Dictateur !
Les Romains m'ont veu Maître, & non persecuteur,
Sans perdre les Vainqueurs j'emportois la victoire.

PAPIRE.

Ah ! c'est trop offencer & ma charge & ma gloire :
Nous verrons au Senat quel pouuoir nous auons,
Ie vous attendray-là.

FABIE. Pere.

Fort peu ; nous vous suiuons.
Allons, mon Fils, allons disputer de ta vie.

CAMILLE.

J'en desespere, & plains l'vn & l'autre Fabie.

ACTE IV.
SCENE PREMIERE.

LVCILLE, PAPYRIE.

LVCILLE.

Pvis qu'ils sont au Senat, j'ose encore esperer :
Et ce moment fatal nous donne à respirer.

PAPYRIE.

Mais à pleurer plustôt : que dy-je ? en ces allarmes
Pour le sang de Fabie est-ce assez que des larmes ?
Son trépas est certain, mon Pere l'y conduit :
Voyez, voyez l'état où mon cœur est reduit :
Quoy ? ce Victorieux, que toute Rome admire,
Au milieu de sa gloire en triomphant expire ?
Et ce qui dans mes sens fait naître plus d'horreur,
Mon Pere impetueux l'immole à sa fureur.   [Fille ?
Est-ce vn Gendre ? est-ce vn Pere ? & suis-ie encor sa
Ne considerer point son rang ni sa famille ?

H ij

Sa foy, leur amitié, ma sainte affection,
Vous-mesme, Rome entiere, & sa protection?
Malgré tout le Senat, qui respecte sa gloire,
Acabler ce Vainqueur sous sa propre victoire?
Suiure contre nos vœux son violent transport?
Oter à sa Maison vn si noble support?
Vn Gendre, dont la gloire honoroit sa famille?
Est-ce vn Pere en effect? & suis-ie encore sa Fille?

LVCILLE.

Vous l'estes, Papyrie, & dans ce sentiment
Vous témoignez assez de l'estre noblement;
Fidelle Amante autant que Fille genereuse
Vous blâmez iustement sa loy trop rigoureuse;
Comme vous ie la blâme, & suis pour vostre Amant:
Mais....

PAPYRIE.

Veut-on que i'étoufe vn iuste mouuement?
Donc aprés sa parole & donnée & receuë
Son Gendre par sa mort verra sa foy deceuë?
Est-ce comme il la donne? est-ce comme il la tient?
Je me treuue engagée; à peine il s'en souuient:
C'est mon Epoux enfin; & quoy qu'il en auienne;
Mon Pere romt sa foy; ie veux tenir la mienne;
Et pour la bien tenir, compagne de son sort,
Puis qu'il s'en va mourir, ie n'attens que la mort.

LVCILLE.

Ce sentiment est juste, encore que trop tendre :
Dans vn sort si cruel vous la deuez attendre :
Mais l'attendre, ma Fille ; & non pas preuenir
Par elle le trépas d'vn qu'on ne peut punir ;
Le Senat, toute Rome obligee à sa gloire
Maintiendra le Vainqueur, admirant la victoire ;
Ou son propre destin s'estendant dessus nous
Me fera suiure vn Gendre, & vous, suiure vn Epoux :
Mais faut-il preuenir nous-mesmes son supplice ?
Vous sçauez qu'on prepare au Temple vn sacrifice ;
Allons faire rougir en ce dernier ressort
Les Autels pour sa vie, ou les Dieux pour sa mort ;
On les verra fléchis par nos vœux legitimes,
Ou nous-mesmes seruir de dernieres victimes ;
Nôtre sang va brauer, à la face des Dieux,
Le couroux de Papyre, & la haine des Cieux ;
Nous sçaurons . . . .

SCENE II.

LVCILLE, FLAVIE, PAPYRIE.

LVCILLE.

Mais enfin que sçaurons-nous, Flauie?

FLAVIE.

Qu'il reste quelque espoir encore pour sa vie:
N'estant par le Senat absous ni condanné
Fabie en est au Peuple, & l'Appel est donné;
C'est toute la faueur qu'on a faite à son Pere.

PAPYRIE.

Qui flatte vn peu nos maux, & qui n'est que legere.

FLAVIE.

Comine allant au Peuple annoncer ce decret
Me l'a dit vers le Temple, où déja tout est prest.

LVCILLE.

Le Peuple aura le soin de conseruer sa vie.

PAPYRIE.

Papyre pour le perdre encore a plus d'enuie :
Le Senat tout puissant n'ayant pû le sauuer,
Rome pour son salut ne peut plus rien treuuer ;
Non, le Peuple est trop foible, il a trop d'inconstance ;
Mon Pere est trop entier, il a trop de puissance :
L'vn donc estant trop fort, l'autre mal deffendu,
Fabie est mort, helas ! mon Epoux est perdu :
Qu'attendrois ie du Peuple ? ô destin ! ô mon Pere !
Ah ! ie voy l'vn & l'autre également seuere ;
Digne Amant, noble Epoux, Vainqueur plus glorieux,
Rien ne te peut sauuer.

LVCILLE.

Il reste encor les Dieux ;
Implorons donc le Ciel, & recourons aux Temples ;
On a de leur faueur d'aussi rares exemples.

PAPYRIE.

Vn mal si proche attend vn plus prochain secours ;
Ie n'en espere rien : Mais ayons y recours.
Que demander au Ciel, pour m'estre plus prospere,
Ou la honte, ou l'honneur, d'vn Epoux, ou d'vn Pere ?
L'vn & l'autre en ce iour doit vaincre, ou doit ceder ;
Aucun bien, sans vn mal, ne me peut succeder ;

Si Fabie est plus fort, Papyre enfin succombe;
L'vn vainqueur, l'autre meurt; l'vn sauué, l'autre tõbe;
Soûtenez les tous deux, & pour m'estre plus doux,
Dieux, appaisez mon Pere, & sauuez mon Epoux.

LVCILLE.

Allons pour vn tel bien implorer leur puissance.
Mais les voicy tous deux: éuitons leur presence.
Toy, viens nous par sa vie ôter vn grand dessein,
Ou plonger par sa mort vn poignard dans le sein;
Voy tout ce qui se passe, & nous le viens redire.
Qui doit ceder; des Dieux, de nous, ou de Papyre?

SCENE III.

PAPYRE, FABIE FILS.

P. APYRE.

SErez vous comme vne ombre attachée à mes pas?
Dans la chãbre, en ce lieu, quoy? ne me quitter pas?

FABIE.

Non, que ie n'aye enfin obtenu cette grace
Qu'il faut qu'en sa colere vn Ennemy me fasse;

Vij

Vn Ennemy ? que dy-ie ? vn Pere, vn Souuerain;
Dont mon destin implore ou le cœur, ou la main;
Le coup, ou la pitié; la mort, ou la tendresse;
Ie ne doy qu'à vous seul, à vous seul ie m'addresse:
En vain i'ay veu pour moy le Senat agité:
Flatté par mille Amis, par mon Pere excité,
Encor que mon respect vous déplaise, & l'offense,
Ie n'ay pas daigné dire vn mot en ma deffense;
Deffendrois-je mon sang, si vous le demandez?
Attendrois-ie vn Arrest, si vous ne le rendez?
Le Senat respectant ma tête, & vôtre foudre;
Ne m'a pû condamner, & n'ose pas m'absoudre,
Comme il n'accorde rien, il n'a rien refusé;
Quoy qu'il m'ait par priere enuers vous excusé,
Quand mes Iuges soûmis prioient pour le Coûpable
I'accusois dedans moy leur zele fauorable;
Ils cherchoient mon salut; & mon cœur genereux
Dans ces communs souhaits estoit mesme contre eux;
Eux regardoient ma vie, & moy vostre colere,
Sçachant que ie ne puis & viure, & vous déplaire;
Que sans r'entrer en grace, & dans vostre amitié,
Le iour m'est odieux, ainsi que leur pitié;
Vn seul moyen rendra leur assistance vaine;
Demeurez en colere, & ma mort est certaine:
Quoy? perdre Papyrie, & perdre mon amour?
C'est pis que perdre ensemble & la gloire & le iour:

I

Eſt ce de voſtre foy ce que ie dûs attendre?
Qu'eſt deuenu ce cœur, qui fut pour moy ſi tendre?
Luy, qui m'a tant aymé, pouroit-il me hair?

PAPYRE.

Qu'eſt deuenu ce cœur, qui deuoit m'obeïr?
Luy, que i'obligeay tant, & dont ie dûs attendre
La foy d'vn Lieutenant, comme la foy d'vn Gendre,
Luy, de qui le reſpect & l'amour me flattoit,
Pouuoit-il m'offenſer alors qu'il combattoit?
Pour rendre ma puiſſance & ma gloire étouſées
N'auez-vous pas brulé les armes, les trophées?
Croyant dans la fumée obſcurcir mon renom,
Et deſſous cette cendre enſeuelir mon Nom?
Ce Nom poura, ſans vous, paſſer à la memoire;
Ce Nom peut honorer la plus belle victoire,
Des infracteurs des loix ennemy capital
Ce Nom doit triompher, & vous eſtre fatal.

FABIE. Fils.

Ce Nom m'eſt venerable autant que vous ſeuere;
Ie l'honorois au Camp, icy ie le reuere:
Je deuois à ce Nom ce qu'vn zele pieux
Par vn vœu ſolennel me fit donner aux Dieux,
Les dépoüilles d'vn Camp ſur l'Ennemy tirees
Pour cet heureux ſuccez leur furent conſacrees.

PAPYRE.

O le masque pieux d'vn courage zelé,
Qui forge aux Dieux vn droit, lors qu'il l'a violé :
Que la Religion, qui couure son offense,
Détournoit de combattre autant que ma deffense.

FABIE. Fils.

L'auantage de Rome offert presque à mes yeux
Ne me sembloit venir que de la main des Dieux ;
Et contre vn ordre étroit ayant l'ame trop haute,
I'ay creu qu'vne victoire effaceroit ma faute.
Mais puis que ie ne puis euiter le trépas ;
Que la loy, comme vous, est sourde & n'entend pas ;
Que sans rien expliquer elle ordonne, & décide ;
Qu'elle & vous me deffend d'estre mon homicide :
Quittez ce grand couroux, armez vous de la loy ;
Et ie vay contenter vous, les Dieux, elle, & moy.
Pour montrer qu'on m'en veut, & non pas à ma gloire,
Punissez donc mon crime, & non pas ma memoire ;
Il est, vous le sçauez, noble & victorieux ;
Que ie soufre vn trépas, comme luy, glorieux ;
Eloignons en ces noms de honte, & de supplice ;
En vainqueur i'ay failly, qu'en vainqueur ie perisse ;
Que ie meure en Fabie, & qu'il me soit permis
D'aller chercher la mort parmy nos Ennemis ;

Ainsi que i'ay failly, que ie meure en grand homme,
Que mon dernier soûpir donne vn triomphe à Rome,
Que i'ajoûte, en mourant, quelque luſtre à ſon ſort,
Qu'elle admire ma vie, & profite en ma mort:
Les Samnites encor de reſte ont quelque Ville,
Que i'aille les forcer iuſques dans leur azyle,
Expirer au deſſus de leurs derniers remparts,
Percé comme couuert de picques & de dars;
Que ſur vn tas de morts le dernier des Fabies
Tombe auec ce grand Nom qui les veut pour hoſties,
Sous voſtre ordre vne fois combattant à vos yeux
Que i'aille demander vn trépas glorieux
A ceux que i'ay vaincus contre vôtre deſſenſe,
Que ma valeur expie vn crime de vaillance:
Puis qu'il faut par la loy perir, ie periray,
Vous ſerez ſatisfait; & ie triompheray,
Souffrez . . .

PAPYRE.

Quoy? ce triomphe? il n'eſt pas legitime,
Ce ſeroit couronner non pas punir le crime,
Voila, pour vous flatter, vn grand & vain effort,
C'eſt choiſir ſon naufrage, & chercher vn beau port,
Vn Criminel iamais s'eſt-il fait ſon ſupplice?
La vertu ſeule attend ce qu'il donne à ſon vice:
C'eſt gloire que d'auoir des remparts à forcer;
La loy vous doit punir, non pas recompenſer.

Ces portes de la Mer, ces Villes des Samnites,
Matieres de triomphe à ma charge prescrites
Attendent que mon bras qui portera leur sort
Fasse en ces lieux voler & nôtre Aigle, & la mort;
Et m'offrent vn triomphe, & des honneurs suprémes,
Que vous auez soüillez par vos victoires mémes :
Contre elles j'arme aussi, non ma seuerité,
Mais les loix, pour punir vostre temerité:
Attendez mesme sort qu'eut le Fils de Manlie;
Vostre crime est plus grand, vn moindre nœud nous lie;
Son sang n'eut par sa mort qu'vn combat à lauer;
Mais le vostre en a deux, & se peut moins sauuer.
Ce n'est pas qu'en effect mon amitié blessee
Ne combatte pour vous encore en ma pensee;
Ie sçay ce que ie perds, & Rome, en vous perdant:
Mais Rome & moy perdrions bien plus en vous gardãt.
I'oy la force des loix, qui languit & soûpire;
Le pouuoir souuerain, l'interest de l'Empire
Gemit par cet auis dans mon cœur entendu;
Perds vn homme, Papyre; ou bien tout est perdu.
O loix! appaisez vous; sa perte est asseuree;
L'Empire la demande, & mon cœur l'a iuree;
Vostre victime attend, & le supplice est prest.
Mais Dieux! mon amitié s'oppose à mon arrest:
Perdre vn Gendre, vn Heros, vn Demon de vaillance?
Quel sang! quel crime aussi ma Justice balance!

Rome à Rome s'oppose en vn coup si fatal;
Le sauuer? que de bien! le sauuer? que de mal!
Mais c'est trop balancer; la chose est resoluë;
Ton interest l'emporte, ô Puissance absoluë!
Il mourra.   Mais pourtant lors que ie le promets
Deffendez vous, Fabie, & ie vous le permets:
L'appel en est au Peuple, où déja l'on s'assemble,
Vostre Pere.... Il paroit, & les Tribuns ensemble:
Preuenez mon couroux, allez seul le treuuer;
Táchons, moy de vous perdre, & vous de vous sauuer;
Mon cœur, qui vous perdra, mõtre bien qu'il vous ayme,
De vous encourager encor contre moy-mesme.

FABIE. Fils.

Puis que vous l'ordonnez; & bien donc, sauuons nous.

SCENE IV.

FABIE PERE, PAPYRE, COMINE, MARTIAN, FABIE.

FABIE. Pere.

ARRêteZ, arrétez; & quoy? me fuyez-vous?

PAPYRE.

Nous allons tous au Peuple ; & moy, ie vous deuance.

MARTIAN.

L'assemblee est fort grande, on est à l'Audience ;
Le Peuple prest de rendre vn Arrest solennel
Demande à haute voix le Vainqueur Criminel,
Et que le Dictateur, pour la chose commune,
Daigne en les visitant honorer la Tribune :
Ie viens, pour vous y suiure, & vous accompagner.

FABIE Pere.

Moy, pour vous dire encor....

PAPYRE.

Et pour ne rien gagner ;
Epargnez des discours, que ie ne puis entendre.

FABIE Pere.

Epargnez donc mon Fils, épargnez vostre Gendre :
Et pour luy rendre vn Juge, vn Dictateur plus doux,
Permettez qu'en ce lieu j'appaise son couroux ;
Ayant émeu les flots, i'adoucy la tempête :
La foudre est dans vos mains, qui gronde sur sa téte ;
Uers le Peuple, au Senat, par tout elle le suit ;
Enfin tous mes efforts, qui font vn si grand bruit,

Et tant d'éclairs ne font à mon cœur qui succombe
Que les auant-coureurs d'vn tonnerre qui tombe:
Ah! que n'en estes-vous armé pour mon trépas!
Ce grand cœur, qui se rend, ne succomberoit pas;
Ie verrois, sans fremir, éclatter ce tonnerre,
Et plustôt que mon cœur trembler toute la terre.
Mais voir vn Fils vnique, & noble & glorieux,
Reste des Fabiens, qui vaut tous ses Ayeux,
Qui fit tout mon espoir, qui fait toute ma crainte,
Peri par vn supplice, & sa Maison éteinte?
Ah! c'est vn coup du Ciel, comme vous, inhumain,
Et contre qui mon cœur cesse d'estre Romain:
Dedans ce desespoir il se plaint, il soûpire,
Ne connoît plus le Ciel, le Senat, ni Papyre;
Et tient pour Ennemis cruels, iniurieux,
Papyre, le Senat, & le Ciel, & les Dieux.

PAPIRE.

Et les Dieux, & le Ciel, le Senat, & moy-même
N'écoutons point la voix d'vn desespoir extrême:
Ce sentiment Romain, que vous nommez couroux,
Rien ne peut l'adoncir, ni le Senat, ni vous;
Le Peuple nous attend, & fera moins encore?
Ie vay perdre Fabie, & dans moy ie l'adore;
Et mes sens genereux sont si fort combattus
Que ie puny son crime, admirant ses vertus:

Elles

Elles parlent dans moy, leur puissance est bien forte,
Elle attire mon cœur; mais Rome enfin l'emporte;
C'est son interest seul qui combat sous le mien;
Je vay bien attaquer; mais deffendez vous bien.

FABIE. Fils.

A quoy ce grand combat? que sert cette deffense?
Je connoy que mon sort est en vostre puissance,
Que le Peuple ne peut ....

MARTIAN.

Le Peuple enfin peut tout.

FABIE. Pere.

Ouy, puis qu'il faut combattre, allons iusques au bout;
Remuons tout l'Etat pour le salut d'vn homme,
Et que Rome aujourd'huy combatte contre Rome;
Les seruices presens pourront bien soûtenir
Vn Vainqueur que l'on perd, de peur de l'auenir:
Punir vne victoire & certaine, & si grande,
Pour vn mal incertain, & que l'on apprehende?
Rome peut abolir de si timides loix,
Ou du moins adoucir leur rigueur vne fois;
Le fruict qu'elle en attend ne vaut pas l'auantage
Qu'elle a déja receu d'vn si noble courage;
C'est auancer sa perte, augmenter son ennuy
Que de faire perir vn homme tel que luy,

K

Et qui peut rendre à Rome vn Monde tributaire,
Pour ce grand interest les loix doiuent se taire.

PAPYRE.

Si pour Rome la loy craint vn mal incertain,
Ce bien qu'on luy promet est encore plus vain:
Laissons au Peuple à voir & iuger de ces choses:
Quoy que i'ay pû moy-méme estre Juge en mes causes,
I'en ay permis l'Appel, pour vous fauoriser.

FABIE Pere.

Mais que vous ne pouuiez pourtant me refuser;
Puis que l'vn de nos Roys; c'est Tuelle, ie le nomme,
Deuant tout le Senat, à la face de Rome,
Ceda bien à l'Appel, & montra le pouuoir
Que le Peuple a par fois de iuger & de voir;
Ce Monarque auoit lors vne entiere puissance,
Le Peuple moins de droict, luy plus d'independence.

PAPYRE.

Tenez vn Dictateur souuerain comme luy.

FABIE. Pere.

Mais Rome n'estoit pas ce qu'est Rome aujourd'huy,
Elle estoit sous les Roys; maintenant elle est Reyne,
Elle a sa liberté qui la rend Souueraine.

PAPYRE.

Et cette liberté qu'elle met en nos mains
Nous rend, plus que les Roys, puissants & Souuerains:
Il est vray qu'elle est libre à se donner vn Maître;
Elle le fait; aprés elle doit le connaître:
Dittes, que peut le Peuple, & qu'a pû le Senat?
Ma dignité soufroit pour vous cet attentat;
Et contre mon pouuoir n'estant point de refuge,
Vers le Peuple, au Senat ie suis & Maître & Juge;
Quoy que pour ma décharge, & vôtre allegement,
Ie les fay compagnons dans ce haut Iugement.
Vous n'aueZ sceu connaître vne si grande grace:
Mais ie sçauray tantôt rabbattre cette audace.

MARTIAN.

Voyez......

PAPIRE.

Rien, Martian, que mes droits absolus:
Ie ne vous entends point, & ne les connoy plus.
Allons au Peuple, allons; c'est trop le faire attendre.

FABIE. Fils.

Allons donc à la mort; rien ne m'en peut deffendre.

K ij

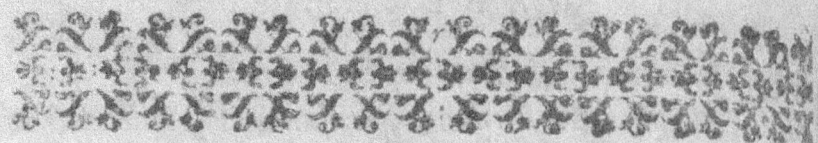

ACTE V.
SCENE PREMIERE.

PAPYRE, CAMILLE.

PAPYRE.

NOn; toutes ces raisons ne vont qu'à m'offenser;
Il est perdu, Camille, il n'y faut plus penser:
Le Peuple & le Senat, impuissans l'vn & l'autre,
N'ont pas osé l'absoudre; aussi ce droict est nôtre.
La Dictature en moy treuue sa seureté;
C'est vne souueraine & courte Royauté;
Ie l'ay mise en sa force, & mon cœur l'a portée
En vn poinct où iamais elle n'estoit montée:
De ce lieu si superbe, où vainqueur ie la voy,
Elle me rit, me plaist, elle est digne de moy:
I'ay par vn même coup sauué ma renommée,
Et l'Ordre souuerain, cette ame d'vne Armée;
I'ay maintenu l'Empire, & le commandement.

CAMILLE.

Et vous perdez Fabie en ce chaud mouuement.

PAPYRE.

Ie perds vn Criminel ; il vaut mieux qu'il periſſe
Que cette autorité , les loix , & la Iuſtice ;
Quoy ? j'aurois veu décheoir par ma facilité
La Iuſtice , les loix , & cette autorité ?
A ma honte , par moy , durant mon miniſtere
Perir la Dictature , vn ſi haut caractere ?
Pour l'honneur de Fabie , & de ſes deux combats ,
J'aurois veu perdre Rome , & tout l'Empire à bas ?
Non ; i'ayme mieux couper ce mal en ſa racine :
Obſeruateur des loix & de la diſcipline ,
Ie ſay pour l'auenir , ie voy par le paſſé
Le chemin que Manlie & Brute m'ont tracé.
Par mon propre tourment pour te rendre obligee ,
Que n'eſt-il mon Parent , ô Rome protegee !
Ah ! Que n'eſt-il mon Fils , ce Gendre pretendu !
Ie t'aurois plus donné , quand i'aurois plus perdu :
Ie ſoufre autāt qu'vn Pere , & ce grand coup m'étonne,
Ie l'ayme autant qu'vn Fils , Rome, & ie te le donne.

CAMILLE.

C'eſt vn don en effect , qu'elle tiendra de vous ,
Elle l'attend , Papyre , & nous l'attendons tous.

Chacun fait à Fabie vn fort plus fauorable,
On l'attend en Vainqueur, & non pas en Coupable:
On le demande tel, tel il nous foit donné,
Puis que le Peuple enfin ne l'a point condamné.

PAPYRE.

Il ne l'a point abfous, c'eft trop pour le confondre.

CAMILLE.

Il le garde pourtant.

PAPYRE.

Et c'eft pour m'en répondre:
Pour ne l'irriter pas, ie le laiffe en fes mains.

CAMILLE.

Vous auez le pouuoir: luy, l'amour des Romains.

PAPIRE.

S'ils l'ayment, ces mutins, ils craindront ma puiffance,
Ie laiffe à leur orgueil cette ombre de licence,
Et le temps d'auifer s'ils fe rendront garants
D'vn crime à foûtenir par des crimes plus grands:
Ils ne le feront pas, ce foin eft inutile,
Ie fuis Maître du Camp, ie puis tout dans la Ville,
Le Peuple, qui me voit animé pour la loy,
N'ofera pas l'enfraindre, & même contre moy,

Il connoît mon pouuoir, il connoit mon courage:
Employons l'vn & l'autre à ce fameux ouurage;
Dans vn iuste dessein autant que rigoureux,
Pour leur propre interest, opposons nous contre eux;
Refusant les Romains montrons que ie les ayme,
Et rendons Rome heureuse en dépit d'elle-méme;
Faisons son propre bien contre ses propres vœux;
Ne la regardons point, regardons ses Neueux;
Indulgente à son mal encor qu'elle soûpire,
N'écoutons point sa voix, & gardons luy l'Empire;
Faisons vn bien qui dure, & qu'on treuue aprés nous;
Perdons vn Criminel, pour l'interest de tous.

CAMILLE.

C'est perdre la Valeur, sous les loix opprimée;
Auec elle il faut donc perdre toute l'Armée,
Qui dans ses interests entre & s'ose méler:
Il n'est plus temps de feindre, & de vous rien celer:
Tout le Camp se mutine, & prend part en ce crime,
Que vous allez punir, qui contre vous l'anime;
Valere me l'a peint vn Camp seditieux,
Qui...! Mais Comine viět; peut-estre il le sçait mieux.

SCENE II.

COMINE, PAPYRE, CAMILLE.

COMINE.

Vne triste nouuelle à vos yeux me r'amaine:
L'Armée est en reuolte, & tous les Chefs en peine:
On y voit le desordre & la sedition,
Legion opposée à l'autre Legion,
Aigle contre Aigle, enfin dans l'émûte publique
Homme presque contre homme, & pique contre pique,
Le Camp prest de se battre, ou de se débander;
Personne n'obeit, nul n'ose commander;
Et cette Armée encor chaude & victorieuse,
D'vne insolente voix, superbe, injurieuse,
Menasse, en demandant à Rome, à tous ses Dieux
Pour prix de ses combats son Chef victorieux.

PAPIRE.

Et bien donc, qu'elle l'ait, finissons la tempête:
Ils demandent Fabie, enuoyons leur sa teste:
Elle les instruira: qu'ils lisent, ces mutins,
Dans sa punition leur crime, & leurs destins:

Ils connoistront quel est mon bras, & leur attente;
L'ordre n'ayant rien pû, qu'elle les épouuante.
Mais sans vous oublier, sans punir à demy;
Vous, que son crime seul a rendu son Amy,
Pour le vôtre & le leur montrant ma foudre prête
Vous leur yrez porter & mon ordre, & sa téte:
C'est vous punir assez par ce commandement;
Ie m'en vay punir l'autre; & partez promtement;
Sa téte, & vous, ferez ensemble ce voyage.

COMINE.

Ouy, ouy, nous le ferons; mais non pas ce message:
Car pour accompagner la téte du Vainqueur
On doit porter ensemble & ma téte, & mon cœur;
C'est ainsi qu'vn Amy doit accompagner l'autre:
Ie feray mon deuoir; i'y vay: faites le vôtre.

PAPYRE.

Fay le donc, insolent; va, ie feray le mien.
Quel orgueil?

CAMILLE.

Il est noble: il part, & ne craint rien.

L.

SCENE III.

LVCILLE, PAPYRE, PAPYRIE, FLAVIE,
CAMILLE.

LVCILLE.

IL faut pluſtôt tout craindre: à peine ie reſpire.

PAPYRE.

Qu'eſt-ce encor? quel mal-heur?

LVCILLE.

Figurez vous le pire:
Pour tout dire en deux mots; Craignez tout.

PAPYRIE.

Craignez tout:
Le Peuple eſt ſoûleué.

PAPYRE.

Nous en viendrons à bout:
Eſt-ce là ce malheur, ce grand ſujet de crainte?

PAPYRIE.

Pour voſtre intereſt ſeul nous en ſoufrons l'attainte;

Ce mal-heur vous regarde, & ne nous fait trembler,
Qu'à cause qu'il vous presse & vous peut acabler.

LVCILLE.

Déja le Peuple émû s'emporte....

PAPYRE.

Ah! le Rebele!

LVCILLE.

Contre vous, pous Fabie; il soûtient sa querelle.

PAPYRE.

Soûtenir vn coûpable? & contre vn Dictateur?
Quel desordre!

PAPYRIE.

Il en est l'objet, non pas l'auteur:
Le Peuple en le sauuant, de peur qu'il se hazarde,
Contre luy, contre vous le deffend & le garde,
Et craignant de sa main l'attentat genereux
Luy semble par ses soins, plus que vous, rigoureux:
Dedans sa noble ardeur & le regret de viure
Il se voit prisonnier, alors qu'on le deliure:
La foule l'enuironne, & l'emporte à la fois:
On le loûe, on vous blâme & vos seueres loix;

L ij

Et pour mieux refifter contre vous & contre elles
De tous côtez s'affemble vn nombre de Rebeles
Prefts de fe retirer fur le Mont Auentin,
Pour conferuer Fabie, ou fuiure fon deftin.

LVCILLE.

Nous-mêmes auons veu, prefque au fortir du Temple,
Leur extrême fureur, & qui n'a point d'exemple:
Demettons, difent-ils, ce rude Dictateur
Ialoux de la victoire autant que de l'auteur;
N'ayant plus d'Ennemis, qu'eft-il plus neceffaire?
Depofons le: On diroit qu'ils font prefts de le faire.

PAPYRE.

Le faire? on ne le peut; nous regnons pour fix mois.

CAMILLE.

Ne pouuoir vous demettre? on a chaffé les Roys.

PAPYRE.

C'eftoit pour leur orgueil, le crime, & l'infolence:
Moy, j'affermy l'Empire, & maintiens fa puiffance;
Moy, ie puny l'orgueil, le crime, & l'attentat;
Moy, ie foûtiens les loix, qui foûtiennent l'Etat:
Ie craindrois la reuolte, & cette violence,
Moy, qui rétably l'ordre & puny l'infolence?

Qu'il s'assemble, qu'il aille, & couure l'Auentin;
J'yray seul m'opposer à ce Peuple mutin:
Je sçay trop ce qu'il faut, dans ce peril extréme,
Faire pour le Pays contre le Pays méme:
J'yray voir violer les loix, & leur serment,
Et de tout l'Auentin faire mon Monument;
Plustôt que relâcher il faudra que j'expire,
Qu'on détruise tout l'ordre, & les loix, & Papyre.

LVCILLE.

O cœur trop obstiné, trop genereux aussi!
Vous nous allez tous perdre en vous perdant ainsi:
Iugez de quels excez les Romains sont capables.

CAMILLE.

Quoy? pour vn Criminel faire mille Coûpables?
Que voy-je?

SCENE DERNIERE

FABIE PERE, FABIE FILS, PAPYRE, COMINE
MARTIAN, CAMILLE, LVCILLE,
PAPYRIE, FLAVIE.

FABIE. Pere.

EN voicy deux ; le nombre en est moins grand
Rome en deffendoit vn, & ma main vous le rend:
Pluſtôt que de la voir tomber dedans ce crime,
Je l'allois égorger ; ie vous l'offre en Victime ;
Et preſt de l'immoler au nom de Dictateur
I'en viens eſtre à vos yeux le Sacrificateur.
C'eſt trop vous diſputer vne juſte puiſſance ;
Et Rome en ſa faueur a trop pris de licence :
En horreur de ce crime, & pour l'en preſeruer,
I'ayme mieux perdre vn Fils, que ie pouuois ſauuer,
Que le voir glorieux, en la voyant Rebelle ;
Non, ie n'ay pû ſouffrir Rome ſi criminelle
Ioindre à ſon crime noir vn crime triomphant ;
Qu'elle ſoit ſans remords ; ie ſeray ſans Enfant ;

Mais son sang m'adoptant plustôt toute vne Ville,
Ie n'en vay perdre qu'vn, & i'en sauue cent mille;
Rome perd ma Famille, & l'augmente aujourd'huy;
I'offre mon Fils pour elle, elle s'offre pour luy.

MARTIAN.

Elle s'offre en effect, & reconnoit sa faute;
Elle vous rend Fabie au poinct qu'elle vous l'ôte,
Et remettant en vous sa grace & son appuy
Elle implore pardon & pour elle, & pour luy.

FABIE. Fils.

Comme elle a fait ce crime afin de me deffendre,
Mon sang suffit pour tous, & ie le vay répendre;
Et quand vostre pitié donneroit grace au mien,
Ie ne m'en ferois pas moy-méme pour le sien.

PAPYRE.

Si le crime de Rome a vostre ame enflamée,
Mourez, mourez encor pour celuy de l'Armée:
Le Camp est en reuolte, & l'infidelité
A suiui de bien prés vostre temerité:
Voila le second pas contre la Discipline;
Un exemple a fait l'autre, & Rome se mutine.
Mais vous en répondrez; & pour les punir tous,
Il ne faut qu'vn supplice; ils soufriront en vous;

Voſtre honteuſe mort ſera leur infamie,
Punira mon Armée, & Rome voſtre Amie;
Ils verront, ces Soldats, punir leur faction
Sur l'auteur criminel d'vne noble action;
La honte du ſupplice en tous lieux publiée
Me rend Maître en mon Camp, & Rome châtiée.

FABIE. Fils.

Ie ſçauray preuenir cet infame trépas.

FABIE Pere.

Non, quand il n'auroit point ni de cœur, ni de bras;
Quand mon bras, quand mon cœur ſe treuueroit ſi lâche
De ſouffrir en mon ſang cette honteuſe tache;
I'eſperois au Ciel, & croirois que les Dieux,
Pour l'enleuer là haut, deſcendroient en ces lieux;
Ou, ſi i'eſpere trop, lanceroient vne foudre,
Pour laiſſer de ſes os vne honorable poudre:
Le ſang des Fabiens eſt trop noble & trop beau,
Pour craindre le ſupplice, & la main d'vn Boureau:
On n'en voit point la trace ailleurs qu'à la campagne,
La victoire le ſuit, ou l'honneur l'accompagne;
Il ne ſçauroit couler ſi ce n'eſt noblement,
Pour ſeruir ſon Pays, dont il eſt l'ornement;
Il fut toûjours de Rome vn glorieux partage,
Ou pour la ſecourir, ou pour ſon auantage.

Pour

Pour la seruir encore en cet éuenement,
Pour empécher son crime & son soûleuement,
Au milieu de Tribuns, dans la place publique
Ce bras n'alloit-il pas tuer mon Fils vnique?
Mon courage l'eust fait, & le doit faire icy:
Pour vous i'ay calmé Rome; & c'estoit mon soucy.
Maintenant c'est mon cœur, c'est Rome repentie
Qui donne en sacrifice vne si grande hostie:
Mais Rome à se punir veut quelque coup nouueau,
Vn Sacrificateur, & non pas vn Boureau:
Autre que moy ne peut luy rendre cet office;
J'ay droict sur la Victime, & sur le Sacrifice;
Mon bras seul peut verser vn sang que i'ay donné;
Que par luy soit son sort, & mon Nom terminé;
Ma maison par soy-méme est digne de s'éteindre:
Ce coup ne me verra ni pleurer, ni me plaindre;
Et j'auray pour le moins ce triste reconfort
Que le Nom Fabien par vn Fabie est mort:
Pour expier ton crime, & le sien que ie loue,
Vn Pere tuë vn Fils, ô Rome, & te le vouë.
C'en est fait; il le faut: prononcez donc l'arrest;
Et vous verrez bien tôt comme mon bras est prest.

CAMILLE.

Arrétez, inhumain; quel coup voulez vous faire?

M

FABIE. Pere.

Digne d'vn Fils si noble, & digne d'vn tel Pere:
Rome, connoy nos cœurs, voy si l'acte est Romain;
Il te donne son sang, je te préte ma main.

PAPYRIE.

Pour achetter ce coup genereux & barbare,
Si vous versez son sang, que le mien le repare;
Qu'vne Fille en cet acte entre, & prenne vn beau rāg;
Qu'elle pleure en Romaine, & ses pleurs soient du sang.

FABIE, Pere.

Arrétez ces transports, ô Fille genereuse.

FLAVIE.

Elle ne seroit plus, sans mon adresse heureuse,
Qui d'vn Epoux sauué luy faisant le rapport
De toutes deux au Temple a détourné la mort.

LVCILLE.

Quoy? pourois-ie auoir moins de vertu que ma Fille?
Verrez-vous, sans pitié, perir vôtre Famille?
Pere & Mary cruel!

PAPYRE.

　　　　　　　Dictateur mal-heureux;
Qu'empêche la Vertu d'oüir ces genereux!

Helas! auant le coup ce mesme coup me blesse.
Mais quel helas? arriere amour, pitié, foiblesse:
Rome, que doy-ie faire? ô Rome, qu'as tu faict?
C'est trop punir. C'est trop retarder cet effect;
N'écoutons plus amour, ni pitié, ni tendresses:
Ie vous entends, ô loix; vous serez les Maitresses.

MARTIAN.

Rome seule doit l'estre; elle implore pour tous;
Et c'est pour triompher qu'on la voit à genoux:
Vous tenez à vos pieds cette noble Arrogante;
C'est la premiere fois qu'on la voit suppliante,
Elle, qui peut marcher sur la téte des Roys,
Elle enfin qui les fait est au dessus des loix.

PAPIRE.

A ces termes si hauts, aprés tant de furie,
On voit bien, Martian, que c'est Rome qui prie.
Leuez vous, ses Tribuns, & ne confondez point
Son Maitre, & son Enfant, de la voir à ce poinct;
Dans ces deuoirs honteux humble à mes pieds reduite
Ma vertu la regarde, & n'en est point seduite;
Cet état trop indigne & d'elle & de ces lieux
Ne domte point mon cœur; mais il blesse mes yeux.
Voyez voyez, Tribuns, où vous l'auez jettée,
Où vous la descendez, où vous l'auiez montée;

Regardez son orgueil, & son abbaissement,
Comme elle m'a traité; comme elle se dement:
Mais regardez plustôt ce qu'elle me demande,
Et quel fruict mal-heureux il faut qu'elle en attende.

MARTIAN.

Rome prefere vn homme à ce grand interest,
Et demande vn Heros, tout criminel qu'il est;
Elle vous en veut estre à iamais obligée;
Et retombe à vos pieds, cette grande Affligée:
Pouuez vous refuser à Rome vn seul Romain?
Elle prie, & iamais ne doit prier en vain.

PAPYRE.

C'en est faict; sa priere a ma force abbatuë.
Et bien, tu m'as fléchi, Rome, & ie t'ay vaincuë;
Voy ton Victorieux: Mais non, ce n'est pas moy;
C'est l'Ordre souuerain, c'est l'Empire, & la Loy.
Fabie est conuaincu; tu veux qu'on luy pardonne:
Tout Criminel qu'il est, prens le; ie te le donne;
Ie le donne aux Tribuns, dont l'importunité
L'emporte par priere, & non d'autorité:
Vn important exemple eust fait voir ma puissance;
Vn exemple plus doux montrera ma clemence.
Vy doncque, vy Fabie, en ce poinct plus heureux
Que le Peuple Romain, de ton crime amoureux;

Contre ſes propres loix a deffendu ta gloire:
Cette inſigne faueur vaut plus que ta victoire.

FABIE. Fils.

Et vous la ferez croître encore de moitié,
Si ie r'entre en ce cœur & dans vôtre amitié.

PAPIRE.

Quoi qu'ait fait mõ deuoir, quoi qu'ait fait vôtre audace
L'amitié vous gardoit en mon cœur meſme place;
Auec elle ſans feinte il vous a combattu;
J'aymois, & pourſuiuois vn Gendre, & ſa vertu;
Et voſtre crime eſt tel, qu'en mon rang vôtre Pere
Armé contre ſon Fils n'auroit oſé moins faire.

FABIE. Pere.

Ouy, ie l'aurois perdu; vous luy fûtes trop doux:
Et ie ne le tiens plus que de Rome, & de vous:
Quand la mort me l'ôtoit, vous daignez me le rendre;
Vous me l'auez donné.

PAPYRE.

    Mais c'eſt pour le reprendre:
Soufrez qu'auecque vous ie puiſſe partager
Vn Fils ſi glorieux aprés vn tel danger;
Et pour joindre d'amour l'vne & l'autre Famille;
Voicy mon Fils, Fabie; & voila voſtre Fille.

FABIE. Fils.

Quel charme à mes esprits! ô doux rauissement!

LVCILLE. luy presentant sa Fille.

Vous deuiez l'acquerir un peu plus seurement.

FABIE Fils.

Pour un si noble prix doit-on conter la peine?

PAPYRIE.

Ce prix vous estoit dû; ma mort estoit certaine;
Je deuois estre a vous ou viuant ou mourant,
Faire mon sort du vostre en un peril si grand:
Vn plus heureux succez a mon amour suiuie;
J'estois vostre en la mort, ie suis vostre en la vie.

FABIE. Fils.

Et vous serez par tout maîtresse de mon sort:
O le naufrage heureux, qui treuue un si beau port!

FABIE Pere.

Allons par leur hymen acheuer cette joye.

PAPIRE.

Non; le Camp reuolté veut que ie le renuoye;

Comme, allez deuant, annoncer mon retour.

FABIE. Fils.

Moy pluſtôt....

PAPYRE.

Demeurez: ie veux auoir mon tour;
Vous ne combattreℤ point; tout ce qui reſte à faire
Eſt peu pour mon triomphe, & m'eſt trop neceſſaire:
Dans Rome ioüiſſeℤ du fruict de vos combats;
Soufreℤ qu'vn Dictateur marche deſſus vos pas;
Attendeℤ mon retour, comme voſtre hymenée.
Aprés, chargeℤ d'honneurs, la guerre terminée,
Un méme iour verra triompher deux Guerriers,
L'vn couronné de myrthe, & l'autre de lauriers.

FIN.